Teoría de la gravedad

Leila Guerriero
Teoría de la gravedad

Prólogo de Pedro Mairal

LIBROS DEL Asteroide

Primera edición, 2019
Segunda edición ampliada, 2020
Segunda reimpresión, 2021

Todos los textos incluidos en este libro se publicaron
en el diario *El País* entre los años 2014 y 2019

Imagen de cubierta: © Antonio Terlizzi
Fotografía de la autora: © Emanuel Zerbos

Publicado por Libros del Asteroide S.L.U.
Avió Plus Ultra, 23
08017 Barcelona
España
www.librosdelasteroide.com

ISBN: 978-84-17977-17-7
Depósito legal: B. 7.042-2020
Impreso por Kadmos
Impreso en España – Printed in Spain
Diseño de colección: Enric Jardí
Diseño de cubierta: Duró

Este libro ha sido impreso con un papel ahuesado, neutro y satinado de ochenta
gramos, procedente de bosques certificados FSC® correctamente gestionados,
materiales reciclados y otras fuentes controladas, con celulosa 100 % libre de
cloro, y ha sido compaginado con la tipografía Sabon en cuerpo 11.

Prólogo: En carne viva

A Leila Guerriero no se le escapa nada, ve incluso lo que no se ve. Una mañana, hace varios años, me encontré con ella en un bar a terminar de cerrar un proyecto y en un momento tuve que sentarme de costado, con la espalda contra la pared, para que su mirada de rayos X pasara de largo. Me estaba transparentando. ¿En qué consiste la intensidad de esa mirada? Creo que son muchas cosas, entre ellas: una curiosidad lateral de niña despiadada, una gran capacidad para analizar el comportamiento humano, una observación forense, la habilidad para volverse medio invisible por momentos, una conciencia permanente del tiempo, su ferocidad verbal y su poesía.

También se me aparece la palabra tesón entre sus cualidades. Una palabra que no uso nunca, pero que se le aplica sólo a Leila Guerriero. Algo así como firmeza, decisión y perseverancia. Su carácter sintáctico. En este libro uno la adivina ahí parada insistiendo en la correntada de los días, «como el junco en la cólera del agua». La cita es de César Mermet.

Hay una mitología personal en *Teoría de la gravedad*. La infancia en una ciudad chica de la llanura pampeana con arroyos donde se pesca y una casa con plantas, la familia, los padres, los hermanos, los abuelos, los hospitales y las pérdidas paulatinas, la euforia sin muebles en la llegada a Buenos Aires, la exploración del anonimato en la multitud, los recitales extenuantes y casi místicos, las parejas, los viajes, el aprendizaje solitario de un oficio como quien adquiere un superpoder.

Sin embargo, no podría decir que el libro es autobiográfico. Por momentos pareciera que lo fuera, que la autora se dejara ver completamente, pero cuando entramos a cada texto ella acaba de salir y nos dejó sobre su escritorio estas fotos ardiendo. Mientras leemos, sus gatos nos miran. No sé bien cómo lo hace. Sus columnas son autorretratos donde ella misma no está. Pero están sus huellas, está su pan humeando recién horneado. Su forma de sacrificarse hacia el lenguaje, de convertirse en letra escrita. ¿Cómo logra ese efecto inquietante? Hace sentir al lector como un intruso con palpitaciones. Nos deja su silla vacía como si pudiéramos ser ella por un instante.

Y lo hace con brevedad. Hay autores a los que no les sienta bien la brevedad. No alcanzan a calentar motores y ya se les acabó la página. Otros, como Leila Guerriero, usan las formas breves para desplegar ahí dentro todas las maniobras necesarias para liquidar emocionalmente al lector. Como si alguien nos contara el fogonazo de una vida espeluznante en un solo viaje de ascensor.

Estas columnas son estructuras verbales, dispositivos de prosa afilada, que tienen algo de poema. Es decir, se refieren a algo, pero a la vez son en sí mismas algo. Son formas hechas con el lenguaje. Tienen la esencialidad del poema, ni una palabra de más. Y exploran la enumeración aleatoria de la lírica, ese aparente desorden que no es otra cosa que el orden personal de la memoria. Son como poemas, pero prosificados. Todo lo contrario a la prosa poética e invertebrada. Esto es todo vértebra, arquitectura lingüística levantada con maestría. (Recomiendo leerlas en voz alta para disfrutar su destreza verbal.) El homenaje a la condensación simbólica de la poesía se hace explícito cuando muchos de estos textos cierran con una cita de algún verso de un poema por el que la autora se siente interpelada, unas pocas líneas que desatan o resumen un tema.

Pareciera que la brevedad no le provoca una limitación sino una liberación, las columnas son como estallidos controlados, una energía que se desata en unos pocos caracteres. Nunca parecen ser un fragmento de algo más largo. Siempre son eso, con su comienzo y el jaque mate del punto final. Y nos deja con la pregunta en el alma. Porque, si hay algo a lo que se anima, es a soportar la incertidumbre, las dudas existenciales. El por qué, el para qué de todo esto, de esta lucha siempre renovada, como dice Whitman. El zumbido eléctrico de la Matrix está a punto de apagarse para revelar qué se ocultaba detrás. Explora sin miedo esa gravedad de bodegón barroco que tiene la experiencia cotidiana, el claroscuro, la gravitación del dolor detrás de la luz. Porque nunca es liviana Guerriero, puede mostrar personajes que intentan serlo, pero ella les pinta bien su larga sombra terrestre. Cada destino se derrama en su peso. Hay una teoría en esa gravedad y, durante todo el libro, está a punto de revelárnosla.

En el centro de estos textos aparece una serie de instrucciones que dejan los pelos de punta. El devenir de una pareja alienada. Una especie de autoayuda invertida: instrucciones para una silenciosa autodestrucción emocional. El relato, como una micronovela a toda velocidad, va describiendo el crecimiento del odio entre dos personas. Un odio que al final no es culpa de nadie, y eso lo hace más espantoso, un ente que se instala y va tomando a la pareja hasta destruirla.

Hay un juego de continuidades y saltos en *Teoría de la gravedad*. Uno va intuyendo por qué la autora eligió poner juntos determinados textos. Hay combinaciones, contrastes, temas que crecen de una página a otra, y se silencian, y reaparecen. ¿Qué hay en esos saltos, ese espacio en blanco, esa suspensión en el aire? Ahí se juegan muchas cosas del libro, porque somos los lectores quienes entramos por los intersticios entre las columnas y terminamos de ver el gran dibujo en nuestra cabeza. Cada uno a su manera arma la constelación. Le encontramos sentido a las vecindades, los cambios de ritmo, los amagues. La autora a veces oculta, a veces revela. A veces relaciona, a veces fractura. El orden en sí mismo es una historia.

Entonces este libro, ¿es periodismo o es literatura? En el caso de Leila Guerriero no se puede diferenciar un oficio del otro: son lo mismo. ¿Pero es ficción o es no ficción? Es ficción en la medida en que el *yo* es una construcción y contiene multitudes. Y es no ficción porque muestra con honestidad brutal justamente la construcción de esa primera persona. Ella se desarma y se arma varias veces en estas páginas. Siempre cae de pie después de la acrobacia. Y corre, por las calles de Santiago de Chile, de Buenos Aires. En carne viva.

Acá está la palabra tensada en una búsqueda incesante, la inconformidad, el tiempo asesino y luminoso, la vida entera, el coraje de enfrentar y decir la verdad, la llaga de los vínculos, la fuerza de la escritura. Porque escribir nos salva y nos condena al mismo tiempo. Este no es un libro para olvidarse de uno mismo y flotar en destinos ajenos, sino un libro para caer justo en el centro de nuestra propia existencia.

PEDRO MAIRAL

Teoría de la gravedad

Para Diego, por las coordenadas

El pacto

Aquí yo, otra vez, arrastrándome en el pantano de los rotos o flotando feliz entre la euforia de los vivos, idéntica a mí, la muy sincera, la muy falsa, la esquiva, la insensible, la mísera, la idiota, la astuta, la excesiva, la austera, la retrógrada, la feminista, la jurásica, la iracunda, la violenta, la agresiva, la suave, la tan suave, aquí yo, yo, yo, la egocéntrica, la narcisa, la modesta, la muy humilde, la tan humilde, la soberbia, la confundida, la preclara, la confusa, la confesa, la caníbal, la cobarde, la cursi, la que habla de sí, la que no habla de sí, la que sólo habla de sí, la impávida, la fría, la muy cálida, la kitsch, la ruda, la bruta, la brutal, la que vive en sosiego, la desasosegada, la que te tiene harto, la que no sabe lo que dice, la que no dice lo que sabe, la que lo cuenta todo, la que no cuenta nada, la que lo cuenta todo pero no cuenta nada, la que no sabe escribir, la que escribe como puede, la que no escribe en absoluto, la que no piensa, la que no sabe pensar, la enredada, la vacua, la precisa, la justa, la tan justa, la honesta, la muy insoportable, la rastrera, la infame, la insumisa, la blasfema, la que pide y no da, la que da pero no quiere, la que lo

quiere todo, la que nunca da explicaciones. «Mi propó-
sito —dice Balder, uno de los personajes de *El Amor
Brujo,* del escritor argentino Roberto Arlt— es eviden-
ciar de qué manera busqué el conocimiento a través de
una avalancha de tinieblas y mi propia potencia en la
infinita debilidad que me acompañó hora tras hora.»
«Poco a poco tendré que ir saqueando mi propia vida
para ofrecerla al mejor postor», escribe Andrés Felipe
Solano en Corea, apuntes desde la cuerda floja. Vengo
aquí. Saqueo mi vida. Ahí la tienen. ¿Para qué la quieren? Yo, a veces, la prendería fuego.

Supongo

Supongo que creen que siempre tendrán ganas de comprar los primeros jazmines de la primavera. De llenar la casa de flores. De estrenar ropa. Supongo que creen que siempre tendrán deseos de vivir un tiempo en un país extranjero. De tomar un tren. De salir con amigos. De ir a bares, al cine, a la montaña, a pasar diez días junto al mar. Supongo que creen que siempre querrán viajar a Nueva York, conocer las islas Fiyi. Ir a Laos y a Myanmar. Mirar caballos sueltos en el campo. Escuchar música, podar las plantas cuando sea la época, hacer regalos. Supongo que creen que siempre querrán cocinar para alguien, vestirse para alguien, tener sexo con alguien, despertar con alguien, decirle a alguien «Me importás mucho». Dormir abrazados. Supongo que creen que siempre tendrán afecto y que lo querrán. Vida y que la querrán. Días por delante y que los querrán. Supongo que creen que siempre sentirán el tirón del deseo, que siempre responderán con la caballería del entusiasmo. Que nunca se mirarán al espejo y pensarán «lo mejor ya pasó y ni siquiera me di cuenta». Supongo que creen que nunca estarán cansados. Cítricamente cansados. Como una piedra muerta. Supongo que creen que la vida les va a durar toda la vida. Que la alegría les va a durar toda la vida. Supongo que suponen que nunca estarán unidos a cada una de las horas por el hilo flojo de la desesperación. «Vas a dejar cosas en el camino / hasta que al final vas a dejar el camino. / Vas a estar estancado pero sin cultivar enfermedad. / No te vas a pudrir, ni vas a provocar fermentación. / Lo que renueves, se renovará por sí. Lo que no circules, se renovará por sí. / No vas a promover conflictos: / nadie se pelearía por vos. Vas a carecer de valor», escribe el poeta argentino Mariano Blatt. Nadie nos advierte, pero el infierno vive en nosotros bajo la forma de la indiferencia.

Era la vida

Debería, por ejemplo, empezar por viajar más, por viajar menos, por no viajar en absoluto. Debería hacer las
paces con mi padre, debería depender menos de mi
padre, debería ver a mi padre más seguido. Debería salir
de esta casa en la que paso tanto tiempo sola, debería
quedarme en casa y no salir a aturdirme con gente que
no me importa en absoluto. Debería terminar mi novela.
Debería renunciar a este trabajo que detesto. Debería ir
a bailar antes de ser el más viejo de la discoteca. Debería
divorciarme. Debería empezar a usar toda esa ropa que
hace años que no uso. Debería ir a recitales. Debería
invitarla a cenar, invitarlo a un bar, decirles que soy gay.
Debería parar con la cocaína. Debería probar alguna vez
un trago, debería beber menos, debería dejar de beber.
Debería aprender a tocar la guitarra. Debería ir a África
mientras todavía puedo caminar. Debería cambiar de
analista, conseguir un analista, dejar de ir al analista.
Abandonar las pastillas. Ceder. No ceder. Arrojarme en
paracaídas, tomar un curso de buceo, poner un hotel
en la montaña, un bar en una playa de Brasil. Ir más
despacio, ponerme en marcha, no mirar atrás. A fin de

año, más que nunca, la vida no es la vida sino una patética declamación de buenas intenciones, una renovación del permiso de postergarlo todo, una fe idiota en que nunca será demasiado tarde para nada. «Toda la inmortalidad que puedes desear está presente / aquí y ahora», escribió el poeta chileno Gonzalo Millán en *Veneno de escorpión azul,* su diario de vida y de muerte, y esa bestia terrible de la poesía, la uruguaya Idea Vilariño, dijo, mejor que nadie, peor que nunca: «Alguno de estos días / se acabarán las bromas y todo eso / esa farsa / esa juguetería / las marionetas sucias / los payasos / habrán sido la vida».

Antes

Antes de que todo esto se termine. Antes de que cierren la casa y vendan los muebles y regalen los libros. Antes de que se repartan los cosméticos y los zapatos. Antes de que arrojen las cacerolas a la basura. Antes de que vacíen las alacenas, de que se lleven las especias, los fideos. Antes de que se terminen los días felices y las tardes de domingo. Antes de la última de las madrugadas. Antes del final de la angustia. Antes de que se acaben el sexo sin amor y el amor sin sexo. Antes de que la ropa se pudra en los placares. Antes de que descuelguen los cuadros y cubran los sillones con lienzos y cierren las ventanas para siempre. Antes de que quemen las fotos. Antes de que se resequen los felpudos, de que se oxiden las cortinas en sus rieles. Antes de que se terminen la curiosidad, los huesos, el hígado y las córneas. Antes de que se sequen todas las plantas del balcón. Antes de que no haya más nieve, ni colores, ni trópicos. Antes del final de todas las selvas, de todos los mares, de todos los reflejos en el agua. Antes del último poema. Del final de las veredas y las calles. Del fin de todos los paseos. Antes del adiós a todos los aeropuertos y todos los aviones y

todas las ciudades y todos los cafés con vidrios empaña-
dos. Antes de la cancelación de todas las discusiones, de
todos los argumentos, de toda la furias, de todos los
desprecios. De todas las metálicas ansiedades. Antes del
fin de los gritos, de la desolación y de la culpa. Antes de
la última agenda, del último viernes, del último bar, del
último baile. Antes de que se apaguen todas las cúpulas
y todas las pantallas. Antes de que las polillas se coman
los restos de la lana y de la almohada. Antes del final de
las mascotas. Antes, mucho antes: hay que vivir. Pero
¿cómo? ¿Cómo? «Qué admirable / el que no piensa "la
vida huye"/ cuando ve un relámpago», escribió Basho.
Admirables los que están en el tiempo sin pensar en él.

bro fr

Perder

No siempre tengo cosas para decir. Entonces, a veces, me pongo a leer a Elizabeth Bishop. Y siempre, antes o después, llego a ese poema portentoso: *El arte de perder*. «El arte de perder no es muy difícil; / tantas cosas contienen el germen / de la pérdida, pero perderlas no es un desastre. / Pierde algo cada día. Acepta la inquietud de perder / las llaves de las puertas, la horas malgastadas. / El arte de perder no es muy difícil. / [...] Desaparecieron / la última o la penúltima de mis tres queridas casas / [...] / Perdí dos ciudades entrañables. Y un inmenso / reino que era mío, dos ríos y un continente. / Los extraño, pero no ha sido un desastre.» Claro que no hay nada más difícil —y Bishop lo sabía— que el arte de perder. Hoy vi, otra vez, una película llamada *Une liaison pornographique,* en la que él —Sergi López— y ella —Nathalie Baye— se encuentran en un motel, sin saber nada el uno del otro, sólo para tener sexo: buen sexo. Lo hacen durante mucho tiempo hasta que algo se corre de lugar (como si se pudiera tener buen sexo con alguien durante mucho tiempo sin que nada se corriera de lugar), y entonces ella dice «¿Y si lo hiciéramos *de verdad*?». Y lo hacen: de verdad. Como si fuera la primera vez. Y el amor —un embrión flojo pero firme— resulta ser el ángel de la muerte, porque es exactamente entonces —cuando dejan de ser el uno para el otro un poco de carne sin pasado y sin nombre— cuando empieza el momento de perder. Hace tiempo, un escritor amigo me dijo esto: «Sólo cuando sé que mi hija está condenada por mí, que la traje al mundo para morir y acepto eso, es cuando puedo ser su padre de manera cabal, liberándola y liberándome». Habituarse a una hermosa risa humana, a un cuerpo vivo, cuesta muy poco. Dejar partir, en cambio —dominar el arte de perder—, cuesta la vida.

Cansancio

Había pasado un par de meses sin ir a ver al doctor L. Me recibió afable, como siempre, y como siempre, con su acento chino, me preguntó: «¿Cómo shiente?». Le dije «Muy bien», y era verdad, sólo que no me había dado cuenta hasta verlo aparecer, y de hecho es posible que hubiera llegado hasta allí sintiéndome fatal pero que su sola presencia me haya hecho sentir espléndida. El doctor L. tiene ochenta y un años y, ya lo dije antes, practica cosas en las que yo no creo. La medicina china, la acupuntura. El doctor L. hizo lo suyo y después, como siempre, me dijo: «Relaja, cierra ojo, escucha música». Obedecí, mientras él se alejaba con pasos sigilosos sobre el piso de madera. Entonces, como siempre, me dediqué a ejercer mi karate mental: a pelear contra toda la basura flotante que hay en mi cerebro. En eso estaba cuando escuché que llegaba un paciente a la camilla de al lado, separada de la mía por un biombo. Era un hombre. Se recostó y el doctor L. le preguntó qué problema tenía. El hombre respondió: «Cansancio». La voz me dejó helada. Porque eso no era cansancio. Era alguien que está de pie en el balcón con la pistola cargada apuntándose a la sien. Una vez el doctor L. me preguntó cómo estaba y yo le dije «Tengo pesadillas». Él dijo: «El sueño no sabe». Ahora le susurró al hombre: «Tranquilo». Eso fue todo. Y el hombre, al otro lado del biombo, suspiró. Fue un suspiro horrible, como quien sabe que no tiene remedio. Yo abrí los ojos y miré la lámpara de caireles que pende del techo de la antiquísima casa donde atiende el doctor L. y recordé esa frase que es la única que me arregla cuando no tengo arreglo. Una frase de uno de los personajes de ese libro que es un continente, llamado *Las palmeras salvajes,* de William Faulkner: «Entre la pena y la nada elijo la pena». El cansancio proviene, claro, de no saber cuándo termina.

Antídotos

Se hace así: se tienen padres, madres, hermanos, se vive una infancia más o menos feliz y más o menos triste, una adolescencia más o menos feliz y más o menos triste, una juventud atolondrada. Se tiene una vocación. Se vive —se logra vivir— de, por, con, en, para ella. Se viaja a sitios inesperados, impensables. Se hacen cosas inesperadas, impensables. Se encuentran hombres y mujeres inesperados, impensables. Se cometen prodigios y desastres. Se mira hacia atrás con vértigo. Hacia adelante con curiosidad. Nunca a los lados. Y se sigue y se sigue. Y todo parece bien, y hasta muy bien, o razonablemente bien. Hasta que un día se mira alrededor y ya no hay vértigo. Ni nada inesperado. Ni prodigios ni desastres. Sólo cordialidad y horror. Un mundo que parpadea sin ganas. Un blindaje de pájaros muertos. De bostezos brumosos. Entonces se hace así: se abre la puerta de casa. Se bajan las escaleras. Se sale a la calle. Se llega hasta la esquina (como si se fuera a huir definitivamente). Pero una vez allí no se hace nada salvo seguir respirando y recordar este verso de Sharon Olds: «Qué precisión se hubiera necesitado / para que los cuerpos volaran a toda velocidad por el cielo tanto tiempo sin lastimarse el uno al otro». Y esta trilogía de Nicanor Parra: «Ya no me queda nada por decir / Todo lo que tenía que decir / Ha sido dicho no sé cuántas veces». Y: «He preguntado no sé cuántas veces / Pero nadie contesta mis preguntas. / Es absolutamente necesario / Que el abismo responda de una vez / Porque ya va quedando poco tiempo». Y: «Sólo una cosa es clara: Que la carne se llena de gusanos». Después se vuelve sobre los propios pasos. Se suben las escaleras. Se entra en casa. Se sigue. Así se vive cuando se tiene temple. Y el corazón helado. (Y no se piensa nunca en el verso de Joseph Brodsky: «Y temblarás al escuchar decir: "Querido"». Jamás se tiembla.)

Ayer

¿Qué hacen todas estas cosas sobre mi escritorio? ¿Qué hace la camisa rosada con alforzas que a los trece años me parecía tan sexy y que en verdad era un mamarracho? ¿Qué hace el olor pegajoso del brillo para labios que usaba en las fiestas de la adolescencia, cuando esperaba con taquicardia imbécil a que P. me sacara a bailar un tema de Air Supply? ¿Qué hacen la tapa del vinilo de *Saturday Night Fever* y el amor doloroso y ridículo por John Travolta, y el bolsillo de mi guardapolvo latiendo como un volcán con la carta de R. (y el terror a que la descubrieran)? ¿Qué hacen el calor tristísimo de las estufas a kerosén que había en mi casa, y las tardes de calvario en las que iba al conservatorio de música, y el sonido de los pianos destartalados que me hundía una uña negra en la garganta apenas empezaba a subir las escaleras, y las garras mal pintadas de la señorita Z. que me enseñaba solfeo, y los gritos despóticos del profesor de natación y el frío de la piscina que se metía bajo la piel como una parálisis? ¿Qué hacen el TEG y el Ludo Matic y los días de lluvia en los que sentía que estaba muerta pero sonreía mientras jugaba con mi hermano, y el olor desastroso a desinfectante y mina de lápiz que había en el colegio? ¿Y qué hace acá ese atardecer en la terraza de mi abuela mientras ella colgaba sábanas y yo escuchaba ulular el silencio sintiendo que podía volar? ¿Qué hacen acá la gorra de baño con flores amarillas, la gata *Murly*, el olor a chocolate del bargueño, el rastro dulcísimo del agua sobre las baldosas calientes? ¿Qué hace todo eso acá, vertido sobre mi escritorio como una infección? Jugando a escribir una columna releí la primera frase del libro *Cabro chico,* del fabuloso poeta chileno Claudio Bertoni —«De partida descubrí: no se recuerda así nomás»—, y metí el hocico en la memoria como un caníbal que se devora a sí mismo. Encontré cadáveres.

El tiempo

Nunca fue peor que entonces. Sabía lo que quería hacer —escribir, escribir—, pero no cómo se hacía para vivir de eso. El tiempo transcurría con una asfixia extraña, a empellones de euforia y desazón. Una mañana toda la oscuridad se había esfumado, y a la siguiente estaba, otra vez, en medio de un valle de sombra de muerte. No tenía a nadie que me dijera lo único que a veces hace falta escuchar, esa frase mentirosa que reza «Todo va a estar bien». Vagaba por una ciudad inmensa, ajena, cantando a gritos una canción de Los héroes del silencio — «tanto vagar para no conservar nunca nada»—, frenética y cardinalmente triste. En las noches, en las discos y los bares, mientras anotaba números de teléfono en mi camiseta, sudada de tanto bailar, pensaba, una y otra vez, «¿Todo esto para qué?». Brillaba con fulgor carbónico. Un tren lanzado a toda velocidad hacia el fondo del fin de la noche. Arañando entre cenizas el rescoldo de luz de una brasa que decía: «Hay que seguir. Algo sucederá». Despertaba, a veces en mi departamento, a veces no, auscultándome con los ojos cerrados, escuchando los angustiosos latidos de mi corazón, un órgano preciso, automático, indiferente. El mundo era un lugar repleto de cosas que anhelaba con ferocidad, y todas estaban demasiado lejos, eran demasiado inalcanzables. Vivía encerrada dentro de mí como un animal, oculta y silente, aunque a los ojos de todos pareciera un demonio remitido desde su origen, un íncubo peligroso. Llenaba hojas y hojas de cuentos, de poemas —de quién sabe qué— en mi Lettera portátil. Escribía de tarde, de noche, de madrugada. Sobre una mesa de pino sin lustrar. Mirando un paisaje de cemento desde un piso alto al que no llegaba nada que no fuera la atronadora indiferencia del mundo. Todo parecía vedado para siempre. Nunca fue peor que entonces. Tenía diecinueve años. El tiempo pasa. Por suerte y menos mal.

Equivocada

«¿Cuál es tu momento feliz?», preguntaba mi padre. «No sé», decía yo. «Hay que tener un momento feliz —decía mi padre— para cuando la infelicidad sea mucha.»

Ustedes no pueden saber cómo era aquello. Éramos varios. Íbamos a fiestas de tres días y amanecíamos a la luz de las fogatas, calentándonos los dedos con la brasa del último cigarro. Entrábamos como un viento oscuro a sitios que se llamaban Nave Jungla o Bajo Tierra, y nos abarrotábamos en sótanos en los que tocaban nuestras bandas favoritas, y cantábamos a gritos canciones que drenaban el hielo negro que guardaba nuestro corazón. Yo vivía en un departamento con una planta de jazmines y a veces, cuando me asomaba al balcón, pensaba: «Este es mi momento feliz: esta ciudad y este tremendo cielo». Entonces, hace unos días, estuve en mi pueblo natal y, en la televisión, vi cantar a Ricardo Mollo. Mollo es argentino, tiene una de esas voces raras, un magma de emoción salvaje y crudo. Esa noche cantaba algo que me costó identificar. «Corazón de pluma, para qué pierdes el tiempo», decía la canción. «De andar y andar buscando verdades para encontrar siempre otra pregunta.» Y yo me preguntaba: «¿Qué es eso, que conozco tanto?». Mollo cantaba como un iluminado, como un hombre único y solo. Y entonces me vi. En esa misma casa, a los diez años, acomodando jazmines sobre la mesa, caminando descalza sobre el piso de madera, el calor, la luz, la hora de la siesta. Y Serrat, en el tocadiscos, cantando esa canción mientras mi madre lavaba la ropa. El olor del jabón y de las flores. La casa navegando como un barco hacia el verano. Y yo, en medio de todo, feliz de una manera perfecta y peligrosa. Con la única clase de felicidad que iba a salvarme. Con la clase de felicidad que iba a matarme cuando me faltara.

Callada

Mi abuela materna era una mujer pequeña y cándida. Cuando el presentador del noticiero decía «Buenas noches», ella lo saludaba con un «Buenas noches, hijo». Viajó sola desde otro continente, a los doce años, para encontrarse en América con un padre al que nunca había visto y al que quiso con un amor devocional, el mismo que sentía por sus nietos. Nos acariciaba la cabeza, nos decía «mi vida, mi alma».

Mi abuela paterna era alta y delgada. Tenía un hermoso rostro de mujer. Cuando estaba en su casa, usaba zapatones de varón, faldas oscuras. Para saludarme, me daba un beso en la coronilla y me decía «Qué tal, mi vieja». En las noches de invierno nos sentábamos en su comedor, junto al hogar, y me leía historietas, libros, el *Struwwelpeter* que traducía del alemán. Uno de sus hermanos había muerto aplastado mientras su madre lo amamantaba. El otro de difteria, en el colegio de monjas donde su padre viudo los había dejado a resguardo. Había querido ser monja o enfermera en África pero, en cambio, se había casado con mi abuelo. El día de su casamiento —lujoso, con orquesta en vivo—, llevaba un vestido de seda natural que la hacía parecer una mujer recién salida del agua. Antes de casarse, iba sola a los bailes, en la pequeña ciudad pampeana donde vivía, y regresaba caminando, blindada en la reputación de su severidad tozuda. Me dejaba jugar con su cristalería y su ropero, donde había tapados de visón, enaguas de encaje, olor a polvos de Artez Westerley. Jamás me dijo que me quería. Hacia el final de su vida estuvo enferma algunos años, que yo pasé esperando el llamado que me anunciaría su muerte. Antes de que eso sucediera, la visité en la clínica. Dormía; le toqué un brazo. Era como papel de arroz aquella piel que, hasta entonces, yo sólo había mirado, sin tocarla. Cuando vaciamos su casa, encontré unas libretas escritas por ella en alemán. Hay una sola nota en castellano, y habla de mí. La austeridad, su magnética hermosura.

La saga

Mi padre camina con las perras mientras mis dos hermanos pescan al borde del río de la ciudad donde nacimos. Es otoño. Las boyas se sumergen apenas tocan la piel del agua y las tanzas hacen un arabesco nervioso, transparente, como un trazo de sal. No hay más ruido que el torrente calmo, ni más tiempo que el cielo. Me siento seca y limpia como un pedazo de tela al sol. Mi hermano menor devuelve un pejerrey al agua. Dice: «Demasiado chico». Mi otro hermano dice: «Ahá». Regresamos a la ciudad cuando cae la noche. Ellos limpian los pescados, cocinan. Yo siento un cansancio tierno, como si hubiera pasado el día galopando. Por la mañana despierto en la cama de mi infancia. En el patio de la casa de mi abuela, contigua a la casa donde me crie, Diego, el hombre con quien vivo, toma fotos: de la higuera, de la galería, del galpón donde mi abuela lavaba la ropa, del antiguo gallinero. Por la tarde, regresamos a Buenos Aires. Después, el tiempo pasa. Una noche de invierno miramos juntos las fotos que él tomó aquel día, hace ya meses. Le pido que se detenga en una: es el antiguo botiquín de madera del baño de mi abuela.

Alguien lo clavó en la galería. Ya no tiene puerta ni espejo y entonces, a través de su esqueleto, se ve la pared, al fondo, cubierta de suciedad y telarañas. Digo: «Qué lindo». Pero Diego señala la pared, al fondo, y dice: «Ahí hay una cara». Y, en efecto, ahí hay una cara. Dice: «Es la cara de tu abuela». Y, en efecto, es la cara de mi abuela. Mi abuela caminaba mirando al cielo, levantando los brazos y agradeciendo a Dios por las naranjas y por los limones, por los nietos y por las mariposas, por las abejas y por los nidos. Diego repite «Es tu abuela. Y ella se miraba en el espejo de este botiquín». Y aunque sé que es sólo una conjunción de tiempo, suciedad y telarañas digo, muy despacio: «Sí, es mi abuela». Porque todo lo que pasó se ha ido. Pero lo que queda es mucho.

Mi Derry

Estoy releyendo *It,* de Stephen King, la historia de unos amigos que viven en la escalofriante ciudad de Derry y que en el verano de 1958 hacen algo terrible para combatir el horror que allí habita. Luego se van del pueblo y, después de un tiempo, ya no recuerdan nada de lo que sucedió: la amnesia impide que el recuerdo del horror termine por matarlos. Hace poco alguien que nació y se crio en la misma ciudad en la que yo nací y me crie, y de la que me fui a los diecisiete, me mencionó «la bicicletería de Bruno». Fue una magdalena escandalosa. Yo fui decenas de veces a esa bicicletería. Con mi bicicleta marca Aurorita, con la gigantesca bicicleta de mi abuelo que mi madre me prohibía usar (temía que los golpes que me daba, cayendo con las piernas abiertas sobre el caño, me dejaran estéril), con las de mis hermanos. Pasé por ese lugar cientos de veces. Pero lo había olvidado por completo: su existencia, su nombre, su ubicación. Recuerdo de esos años tantas cosas: la trama de mi suéter rojo, mi madre zurciendo medias con un mate-calabaza, el olor de mi padre cuando volvía del campo, las manos prodigiosas de Osvaldo Moris, mi profesor de guitarra. Pero es tanto más lo que olvidé. Hoy salí a correr, en Buenos Aires, pensando en esa bicicletería. De pronto, cuando doblaba en la calle Matienzo, recordé cosas: las patadas en los tobillos que nos daba un profesor de educación física para que nos ordenáramos en fila; los alaridos de mi profesora de teoría y solfeo cuando no sabía una escala — «¡Dia-tó-ni-ca! ¡¿No entendés?!» —; el profesor de natación que empujaba a los que no se atrevían a arrojarse desde el trampolín más alto; mis compañeros de colegio hablando de «los piojosos de la Casa del Niño», un hogar para chicos carenciados. *My own private* Derry, me dije, y seguí corriendo. Rápido y lejos, como una persona profundamente asustada.

Tus cosas

Leí estos versos de Stella Díaz Varín, poeta chilena: «No quiero / que mis muertos descansen en paz / tienen la obligación / de estar presentes». Después, salí a correr. Corrí por Santiago de Chile, por la hermosa Santiago en primavera, por un área llamada Las Condes donde todo parece salido de un catálogo de casas y jardines y, cuando pasé junto a una mujer mayor que llevaba un carrito para hacer las compras, quedé sumida en su perfume. No era un perfume: era el aroma que tienen los vestidos y las medias y las cajitas de música y los polvos de maquillaje —y las cajas con fotos y los rosarios de primera comunión y las imágenes de yeso de la Virgen Niña— cuando se los guarda en un ropero antiguo de madera oscura, de tres puertas, con espejo al medio, estilo Chipendale, en cuyos estantes se disponen pequeñas bolsas de tul repletas de lavanda, cerradas con un lazo de color violeta, y que se limpia cada tanto con cera para muebles marca Suiza y una franela de color naranja: el aroma de mi abuela. El aroma de su casa con *vitraux* y galería cubierta y pisos de pinotea que ella recorría llevando —llevándome— chocolate con leche y

pan con manteca y azúcar. La hermosa casa de mi abuela ya no está, ni va a volver, y mi abuela, con sus ojos de
agua, tampoco, porque está muerta. Pero yo guardo sus
cosas. Su ropa —sus faldas, sus abrigos con olor a butaca de cine—, envuelta en papel azul, en cajas de cartón,
con bolsitas repletas de lavanda. ¿Para qué? No sé. O sí.
Para algo horrible: para decir —¿decirle?— que yo —su
nieta, su atea, su blasfema atroz— tenía razón, y que
después no hay nada, pero que igual lo guardé todo.
Para decir —¿decirle?—: «Aquí está lo que alguna vez
fue tuyo: tus cosas, yo».

Mamita

Mi madre como mami, te quiero. Mi madre como mami, sos lo más lindo del mundo. Mi madre como feliz día, mami. Mi madre como por favor, mami, basta, no me grites más. Mi madre como no ves, tarado, que no servís para nada. Mi madre como mi chiquito, pobre, siempre tan tonto. Mi madre como sos una inútil, te dije que trajeras leche entera, no descremada, ahora vas y la devolvés y no llores porque encima te vas a ligar una cachetada. Mi madre como callate, mariquita. Mi madre como tengo cosas más importantes que hacer que ocuparme de tus pavadas. Mi madre como sos un fracaso. Mi madre como si no tenés zapatos es por culpa del hijo de perra de tu padre, que no me pasa plata. Mi madre como qué papelón que hiciste en el acto del colegio cuando te olvidaste la letra, que sea la última vez que me hacés eso, ¿oíste? Mi madre como un hijo mío no se mea en la cama. Mi madre como una hija mía no sale así a la calle. Mi madre como qué carajo te hiciste en el pelo, ridícula. Mi madre como callate, infeliz, siempre hablando estupideces. Mi madre como no servís para nada. Mi madre como no sé para qué te parí. Mi madre como soy tu madre y sos mío, mía, de mí, para mí, por mí, mi pequeño juguete de carne, mi insecto, mi muñón, mi pedazo de nada. Leí un poema de Louise Glück —«desde el principio, / desde niña, creí / que el dolor quería decir / que no me amaban. / Que amaba, quería decir»—, y me pregunté con cuánta vida se pagan esos golpes que no dejan marca ni los huesos rotos. Cuánto habría que vivir —y cuánto coraje sería necesario— para entender que lo que más amamos, y lo que más nos ama, es, también, lo que mejor nos aniquila.

Lo que se pierde

¿Saben cómo es la pampa? Campos lacios, eucaliptus, un paisaje sólo en apariencia inofensivo, donde un atardecer gris puede pintar, con tu sangre angustiada, una alfombra que termine en el infierno. Yo soy de ahí, de ese paisaje. Allí mi abuelo me enseñó a hacer almácigos, mi abuela me leyó el *Struwwelpeter,* mi madre me dijo que no siempre las cosas crueles se hacen con crueldad. «Necesito un gancho para alcanzar las ramas altas», dice ahora, en la casa donde me crie, mi padre, y lo veo desaparecer entre las ramas de la higuera mientras mis hermanos y yo gritamos para advertir de peligros absurdos —una abeja, un fruto podrido—, y nos reímos como idiotas mientras él junta higos para hacer dulce. Después, en la tarde, vamos a pescar y volvemos cuando cae el sol, sin haber pescado nada. Esa noche cenamos bajo la parra, sobre una mesa de piedra que está allí desde que mis abuelos eran jóvenes, desde que plantaron estos árboles y un océano de calas que ya no existe. Al día siguiente revisamos, con mi hermano menor, cajas repletas de juguetes, de muñecas antiguas que se me deshacen entre los dedos. A las dos de la tarde empezamos a sacar la ropa de mi madre de los armarios. La guardamos en bolsas (su camisa de seda con estampado de pequeñas anclas), y las dejamos sobre la cama, sin saber muy bien qué hacer. En la noche regreso a Buenos Aires, mirando las estrellas, como si la ruta fuera un tobogán suave por el que sólo quedara deslizarse. Y de pronto, en la radio, suena una canción. Y recuerdo aquel verso de Arnaldo Calveyra: «¿Y sabes?, no supe que estaba triste hasta que me pidieron que cantara». No es verdad que todo permanezca dentro de nosotros. Hay cosas que se pierden para siempre. Hay, en el coraje de saberlo, una belleza helada. Aunque hunda un dedo en tu corazón y te lo rompa en pedazos.

No te suelto

«¿Ya está, ya pasó?», preguntó mi madre. «Sí, mi amor, ya está, ya pasó», dijo mi padre, y sonrió y le dio un beso en la frente. Mi madre, todavía atontada por la anestesia de una operación que no había servido para nada, no sonrió pero dijo, con alivio, «Gracias a Dios». Yo estaba allí. Yo vi esa bestialidad. Yo sabía que a Dios no había que agradecerle nada porque la enfermedad iba a enterrar a mi madre a puñetazos en un cuarto de hospital del que no volvería a salir nunca, y me pregunté entonces, y me pregunto ahora, qué clase de hombre hay que ser para ser el hombre que fue mi padre aquella tarde: un hombre que, mirando la soledad de miedo que empezaba a abrirse bajo sus pies, parado al borde de la última ceja del abismo, se tragaba su horror y decía: «Aquí estoy: yo no te suelto». ¿A qué dioses se habrá encomendado para no aullar, para no moler a golpes el cuarto, el hospital, el mundo, mientras el cuerpo de mi madre marchaba seguro hacia la muerte? Supe que Amparo Fernández, la mujer del Cigala, el cantante flamenco, murió de cáncer una madrugada de agosto pasado en República Dominicana y que la noche siguiente él, el

Cigala, subió a un escenario de la ciudad de Los Ángeles para hacer una presentación que tenía programada y, con los ojos revueltos de dolor y sangre, con traje de luto planchado por su propio hijo, enredado en los primeros crespones de la muerte, cantó. Cantó como quien dice «Aquí estoy: yo no te suelto». ¿Qué hay que ser para ser un hombre así? Porque yo quiero ser ese hombre. Yo quiero, todo para mí, ese coraje.

¿Dónde estás?

La veo. No sé cómo, pero la veo. Sobre el escenario, a dos metros de donde estoy, un hombre canta una canción que nunca escuché antes y, mientras siento que los pies se me contraen como garras oscuras, que las uñas se me hacen pedazos, la veo. Mi madre con veintiuno, con veintidós años, su pelo negro aferrado por una peineta de carey, sus piernas fabulosas, riendo en una plaza, riendo rodeada de palomas, riendo con sus anteojos pop de sol azules enormes, los pómulos iluminados por una luz de leche clara, mirándome a mí, de un año apenas, de dos. Mi madre que no sabe la vida que tiene por delante, la muerte que tiene por delante, los hijos que tiene por delante, mi madre en esa ciudad de la que se irá pronto y en la que no volverá a vivir jamás, joven, fuerte, feliz, mi madre que no sabe que décadas después llorará sobre los restos de comidas tristes, que tendrá una hija impiadosa, que vivirá rodeada de dragones. La veo —con su minifalda de lana de color violeta, con su abrigo largo, con sus botas altas— peinarme con delicadeza, decirme así es como se hace el pan, y así es como se teje una bufanda, y así es como se hacen las tortas, y así es como alguien se entretiene en los días del invierno, y así es como se hace un ojal, y así es como se levanta un ruedo, y así es como se pinta un banco de madera, y así es como se recogen hojas de la parra, y así es como se hace un dulce, y así es como se dispone un ramo de jazmines, sin decirme nunca nada, nada importante (cómo se ama sin aniquilar, cómo se perdura sin cansancio), y entonces, sobre el escenario, el hombre termina de cantar y dice que escribió esa canción cuando aún no tenía hijos —«Cuando aún no sabía cómo era la vida con ellos»—, y todos aplauden, y yo aplaudo para no gritar o para no morirme o las dos cosas.

Miserias

Hace unos años, mi madre estaba internada en un hospital, agonizando. Yo tomé, sobre aquellos días, apuntes de una frialdad maníaca, una suerte de diario en tercera persona que dice, por ejemplo: «La mujer ha comprado champú. Ha pagado muy caro por un frasco de champú que su madre no llegará a terminar. Pero se esmera: busca un buen champú, un peine bueno». La mujer, claro, soy yo. En el sitio donde trabajaba por entonces, una persona me mandó a entrevistar a alguien que había escrito un libro acerca del suicidio de su hijo. No me amedrenté —no soy blandita— pero preferí advertir: «Quizás no se me dé muy bien escribir ahora sobre un muerto». La respuesta llegó por correo electrónico, de escritorio a escritorio: «A lo mejor te sirve de catarsis». Así, al día siguiente, yo estaba escuchando a un hombre que me contaba cómo había recogido, con la pala de la basura, la sangre de su hijo —que se había pegado un tiro en la cabeza— y cómo, después, la había dejado escurrir por la pileta de la cocina. Más tarde pasé por el hospital. Mi madre tenía los ojos amarillos. En mis apuntes de ese día hay dos entradas. Una, referida a mi madre: «Los médicos van cada vez menos. La mujer los ve y sabe que piensan que su madre ya debería haber muerto. Van a verla como si les molestara. Les molesta». Otra, referida al episodio del correo electrónico: «La mujer se encoge de hombros. En el fondo, no le importa [...] La regocija comprobar la naturaleza humana». Y es verdad: no me importa. Y no se trata de fuerza, sino de entender que nada desquicia más que no saber qué hacer con la tragedia ajena: nada produce más violencia. Ante eso, todos podemos ser —y somos— monstruos. ¿Podrían jurar que nunca patearon a un caído? Todos lo hicimos. Todos lo volveremos a hacer.

El rastro

Llevo en mis oídos la más espantosa música: los dedos de la señorita Z. aporreando un piano destemplado —las uñas pintadas de un rojo desfalleciente, la nariz afilada y punzante—, en una sala gris como el llanto del Conservatorio Municipal de la ciudad donde nací, y yo a su lado sosteniendo el libro de solfeo de Pozzoli, las tapas revestidas con papel azul, cantando en clave de Sol y de Fa con una voz arqueada, acurrucada en la garganta como un animal que se niega a salir de su refugio. Mi voz retenida, desafinada, destemplada, que sólo sirve para cantar brutalmente rock en los estadios porque se camufla con la de cincuenta mil personas más. Mi madre, sin embargo, cantaba muy bien. No lo hacía a menudo. Sólo a veces, mientras lavaba la ropa, o cuando íbamos a hacer compras en el auto, o cuando salíamos de vacaciones. Cantaba con una voz limpia, satinada y heroica. Una voz ambarina, desnuda, severa, enorme, un canto como un trozo de hueso. Ese canto se murió con ella y no tengo ningún registro de cómo fue, salvo el de mi memoria. Este domingo me desperté rara. Mansa. Los pensamientos no colgaban dentro mi cabeza como reses

de ganchos flojos. Estaba prolija, compacta, bien enca-
jada en mí. Hacía tostadas y té para el desayuno cuando
empecé a cantar una vieja canción gitana. Con una voz
que me salía de los hombros y el cuello y los tendones.
Una voz templada y rigurosa. Una voz que era como
echar baldazos de agua limpia sobre las plantas. Como
patinar sobre hielo. Como pulir un piso de madera. Una
voz virtuosa y perfecta que salía de mí como si fuera el
rastro de un cuerpo. Canté y canté. Siempre la misma
canción. Siempre las mismas estrofas ardientes. Con
la voz de mi madre. Y después callé, espantada por la
monstruosidad que había cometido.

Olvido

Supongo que me gustaría decir que me gustaría volver a aquellos días, y comprar en la panadería de siempre la horrible rosca de Reyes de siempre y esperar la noche para dejar bajo la higuera el balde con agua, el forraje para los camellos, y escuchar tu voz a la mañana siguiente: «¡Llegaron los Reyes!». Supongo que me gustaría decir que me gustaría volver a aquellos días de Pascua que esperabas con ilusión y que terminaban en algarabía pagana, todos rompiendo el huevo de chocolate sobre la mesa y peleándonos por los confites y los juguetes que venían dentro. Supongo que me gustaría decir que me gustaría volver a aquella rotisería exquisita a la que íbamos cada tanto y ver la parsimonia con la que el español que atendía sacaba las anchoas de su frasco —como si fueran joyas— y te preguntaba cuánto ibas a llevar de jamón crudo mientras yo miraba los quesos y los embutidos y tus piernas lindas debajo de las faldas de lana gris que usabas en invierno. Supongo que me gustaría decir que me gustaría volver a las noches en las que me llevabas al kiosco de la avenida Arias, que atendía un hombre parapetado detrás de caramelos y chicles y cigarrillos en medio de un olor plástico y pegajoso, y me comprabas dos revistas y chocolates marca Sugus y me preguntabas «¿Querés algo más?». Supongo que me gustaría decir que me gustaría volver a las tardes en las que yo practicaba mis clases de guitarra mientras vos lavabas los platos y me alcanzabas, después, uvas recién lavadas. Ver cómo te pintabas las uñas con esmalte marca Revlon color sangre coagulada. Escucharte cantar canciones de Serrat. Supongo que me gustaría decir todas esas cosas y fingir que no hubo más que eso. Que sólo hubo eso. Que no hubo noches rotas. Te reías poco. Ayer estaba en un hotel. Me di cuenta de que había olvidado tu risa. Me queda un jirón, que perderé mañana.

Hospital

Es muy temprano. Camino por los pasillos calcificados de luz, llenos de dolor. Hay carteles que indican Traumatología, Oncología, Hemodiálisis. Médicos con estetoscopios como tripas enroscadas al cuello miran al frente como si el porvenir fuera un podio. Hay sillas de ruedas, bastones. Veo a los familiares que esperan mientras, en los quirófanos, sus queridos se desmiembran bajo los bisturíes que los salvan, o intentan llegar al otro lado del túnel de las infecciones. Busco una habitación: la 2012. La encuentro, pero me quedo mirando un patio interno. Llueve. Al otro lado del patio hay un cuarto. Por la ventana se ve a una mujer en una cama, rodeada de otras mujeres. Toman té, se ríen. Una de ellas ha dejado sobre el respaldo de su silla un saco rojo de lana. Algo dentro de mí dice: «Ese es el cobijo que no tendrás». La idea me sobresalta (no debería haberla escrito). Cuando era chica les pedí a mis padres que, al morir, me pusieran en una parihuela sobre el limonero del patio de casa para que me comieran los pájaros. No me dijeron «No vas a morir». Me dijeron que eso no se podía hacer porque los pájaros demorarían y habría olor.

«Quién puso en mí esa misa a la que nunca llego», escribió el poeta argentino Héctor Viel Temperley. Pienso en
mi tribu. Cuántos de nosotros vendremos a este lugar
buscando la superstición del antibiótico, la destreza de
la radiografía, y saldremos muertos. Ya no camino tan
altiva por aquí. Hubo un tiempo en que lo hice: un tiempo en que fui más potente que los médicos potentes.
Ahora sólo veo una máquina de enmascarar la muerte
(pero quizás es mi imaginación, esa forma atroz del
infortunio). Abro la puerta del cuarto 2012. Y lo veo.
La soberbia no muere por el paso del tiempo. Muere
cuando ves aquí, en este sitio, a quien fue tu par, tu
compañero, tu pequeño amor durante los —pocos—
años en los que fuiste inocente.

Padres

Ayer vi a una mujer en el metro. Tironeaba del brazo de una nena y gritaba: «¡Caminá, pelotuda! ¡Idiota! ¡Caminá!». Cuando veo cosas así, y las veo a menudo, puedo sentir cómo ese cerebro infantil se llena de esporas venenosas que, en pocos años, florecerán transformadas en traumas, furia contra los otros, brutalidad. ¿Para qué sirve un padre? ¿Para hacer qué con la carne que parió? Mis padres tenían, sobre la cama, un cuadro con una frase cursi de Khalil Gibran: «Los hijos no son tus hijos, son hijos e hijas de la vida». Mi padre me enseñó a pescar, a hacer el fuego, a leer, a limpiar pinceles con aguarrás, a escuchar a Beethoven. Me dijo así se mata a un pez cuando se lo saca del agua, así se pela un pato, así se sobrevive a la pérdida, así a un hombre peligroso, así se juega con fuego. Me daba de beber vino caliente cuando volvíamos del campo. El otro día practicamos tiro usando de blanco unas monedas. Él, casi orgulloso, contemplando la que yo había agujereado, me dijo: «Siempre fuiste mejor que yo». Mi madre me enseñó a leer poesía, a estudiar, a levantar el ruedo, a tener la paciencia de la prolijidad, a cocinar, a decir buen día, perdón y gracias, a montar una casa, a vivir sola, a estar sola, a conducir (con una camioneta que tenía la rigidez de un tractor y que ella manejaba con la falda haciendo un pliegue tan femenino entre sus muslos que daban ganas de aplaudir). «Ay —decía mientras me enseñaba—, tenés tanto sentido de la coordinación, sos tan segura, tan serena», aunque todo eso era, por supuesto, mentira. No sé si mis padres fueron buenos padres. Pero, si pienso en ellos, podría citar esa parte de *La Ilíada* en la que Héctor, al despedirse de su hijo antes de ir a la batalla, dice: «Que algún día se diga de él cuando suba del combate: "Helo ahí, es mucho más valiente que su padre"». Es una carga pesada. Pero, al menos, no es una promesa de aniquilación.

El circo

Nos gustaban los circos. Los circos como este donde estoy ahora, en medio de la pampa, la pampa de pueblo chico donde me crie, la pampa plana, la pampa helada. Nos gustaban los circos como este donde ahora miro a un trapecista con labios de bótox, a un equilibrista con peluca. Un circo que es y que no es como aquellos a los que íbamos juntos. Un circo sin aserrín, sin leones, sin motos en el círculo de la muerte. Nos gustaban los circos. El secreto de los circos («Imaginate, hijita, la vida de esta gente, de pueblo en pueblo, qué maravilla», me decías, y yo pensaba con terror que un día ibas a irte como esa gente, de pueblo en pueblo, qué maravilla, que ibas a dejarme sola), los circos magníficos, las tres pistas, los trapecistas enlazándose en el vacío como aves enervadas, vos con tu bufanda gris tejida por mamá, tus manos suaves («Son despreciables, hija, hijita, no son de trabajador. Yo quería manos de albañil, no estas manos», decías, y yo me preguntaba si lo hermoso era hermoso o, como decías, despreciable), y yo arrebujada en mi tapado de terciopelo apretando mi terror o mi risa contra tus solapas, tu niña salvaje, tu niña con olor a cloro de piscina («Ese traje de baño te queda preciosa, hija, hijita»), tu niña con olor a pólvora («Qué puntería, hija, hijita»), tu niña con vestido blanco y pelo tirante y aros de perlas en el desfile del kínder (me llevabas de la mano por la pasarela mirándome como si me quisieras, me estuvieras queriendo, me querías), tu niña loca («¡Pa, voy a tener un barco, voy a vivir en una isla!», «Ah, hija, hijita, no sueñes, todo es fracaso, polvo, nada»), tu niña en esa pampa que era a veces infierno. Ahora hablamos por teléfono los domingos. Del frío, de la salud de tus perros. Como un amor gastado que no sabe de qué hablar. Sólo que sí sabemos. Pero debemos asegurarnos de que nuestro último adiós se diga apropiadamente.

Sin salida

Éramos como dos samuráis ofreciéndonos el cuello el
uno al otro, por ver quién cortaba primero. Yo no tenía
veinte y él, entonces, cuarenta. Le debía respeto, era mi
padre, pero hacía rato que yo no usaba esas convencio-
nes. Era verano, yo estaba en el pueblo en el que nací, y
no sé por qué discutimos aquel día. Nunca gritábamos,
sólo nos mirábamos de un modo en que yo jamás he
mirado a nadie y él, supongo, sólo a gente a la que ha
querido matar. Lo dejé de pie en la cocina, tomé las
llaves del auto, me subí y di marcha atrás para sacarlo
del garaje chirriando, como en una mala película. Era
un Torino, un auto de fabricación nacional, una bestia
repleta de motor y caballos de fuerza. Salí de la ciudad
rumbo a la ruta, sin plan. Sólo quería hacer algo, mover
algo en el mundo. Escuchaba a todo volumen a Los
redonditos de ricota, una banda que era mi Biblia, cuando se reventó un neumático. Venía un camión de frente.
Frené como me había enseñado mi padre —mi padre—
con la palanca de cambios, y terminé en la banquina, a
metros de un canal. Usaba —uno no olvida esas cosas—,
un vestido floreado y alpargatas. Bajé. Me obligué a

detener el beat de mi corazón. Abrí el baúl, saqué las balizas, la llave cruz, el cricket, la rueda de auxilio. Unos nenes que estaban pescando se acercaron a ayudarme. Les dije que no hacía falta. Cambié el neumático, ajusté las tuercas, quité el cricket, volví a ajustar las tuercas un poco más. Todavía con el recuerdo del auto removiéndose como un pez demasiado grande fuera de control, subí, lo puse en marcha, volví a la ruta. Y regresé a mi pueblo, despacio. «La ciudad siempre es la misma —decía Kavafis—. Otra no busques / —no la hay—, / ni caminos ni barco para ti. / La vida que aquí perdiste / la has destruido en toda la tierra.» La única salida de emergencia es la que llevamos dentro. Al menos, lo aprendí temprano.

Tu siembra

Vamos a ir en el auto, por la ruta, conversando, una pequeña burbuja seca entre campos inundados. Vamos a recordar los antiguos carnavales de la zona, y las cacerías de liebres en las noches heladas, nuestra pequeña familia en la oscuridad cegadora, afiebrados por el furor de estar juntos. Vamos a hablar de perdices y de pejerreyes, y vamos a mirar los campos de maíz bajo las aguas, y mi padre me va a decir que en enero fue la sequía y en marzo el granizo y que ahora es la inundación, y que acá, como en todas partes, cada quien se está arreglando como puede. Vamos a hablar de un asilo de niños que visitábamos cuando yo era chica, y él va a decir que son cosas que sólo recuerda cuando le hago recordar (va a decir: «Cosas que no se fueron a ninguna parte»). Vamos a desviarnos por un camino lateral y cuando mi padre no dude en atravesar zanjas profundas llenas de barro voy a sentir que es, como siempre fue, una máquina de voluntad contra todo desastre. Vamos a conducir entre el agua y los pozos y vamos a ver, a lo lejos, el vapor dorado de una máquina cosechando maíz, y vamos a detenernos y mi padre va a decir que conoce al dueño de ese campo, un hombre de fortuna que vive ahí, en una casa modesta pegada a un chiquero, y que cuando le ha preguntado por qué quiere vivir ahí el hombre le ha respondido: «Porque es tranquilo». «Yo no sé —va a decir mi padre— qué sentido tiene vivir solamente para estar tranquilo.» Y yo le voy a decir que tampoco sé, y voy a pensar que soy la hija de mi padre, y voy a recordar, involuntariamente, aquella frase con que termina *Noches azules,* de Joan Didion, que dice que uno no teme por lo que ya perdió, sino por lo que todavía no ha perdido.

Farsante

Yo quería ser John Wayne. O Clint Eastwood. O Franco Nero. O Gregory Peck, en *El oro de Mackenna*. En todo caso, cuando yo era niña no quería ser princesa, ni azafata, ni madre, ni esposa. Quería ser un cowboy. No es que quisiera ser un hombre: quería ser mujer (supongo: tampoco es que me lo preguntara por entonces), pero, sobre todo, quería ser alguien igual a esa gente que llevaba todas sus posesiones sobre el lomo de un caballo. Gente austera y valiente, que necesitaba poco, que se arreglaba con una hoguera, una caramañola, una sartén, un plato de frijoles (en la Argentina decimos «porotos», pero «frijoles» suena más épico), una manta. Gente que andaba por ahí sin más rumbo que la inmensidad, que no se quedaba nunca en ninguna parte, que no tenía más patria que la de su sombra, más ansia que la de partir. Entonces, de niña, si me preguntaban qué quería ser, yo decía «No sé» pero, en el fondo, mi corazón gritaba: «¡Cowboy!». Leo, en una entrevista que le hicieron hace ya tiempo al escritor argentino Fabián Casas: «En los primeros años de tu vida cargás combustible. Después no cargás muchas veces más. Depende de la calidad de ese combustible que cargaste si te va a durar durante toda la vida. Vos sos una determinada persona cuando las papas queman. La próxima estación de servicio está muy lejos. Cuando nacés tenés esencia. Después, empieza a aparecer la personalidad. La personalidad trabaja en contra de la esencia. En nuestra cultura capitalista, de demanda constante, rinde la personalidad. La personalidad como algo totalmente ficticio, de construcción, es una máscara. La esencia es lo que te sostiene». Será eso, entonces. Que yo quería ser John Wayne. Que ese combustible a veces queda demasiado lejos. Y que, como supongo que les sucede a todos, en ocasiones me siento una máscara.

Máscaras

Esa soy yo jugando con dos gatas. Esa soy yo cenando con tres amigos y riéndome como un lobo. Esa soy yo leyendo el Tao («Todo ascenso degrada pues nos agita lograrlo y nos agita perderlo»). Esa soy yo un martes, mirando un partido del Mundial. Esa soy yo bromeando con el verdulero acerca de la horrible calidad de las papayas que me vende. Esa soy yo hablando con el carnicero que se recupera de un accidente (se golpeó la cabeza, la mitad el cuerpo le quedó paralizada, su mujer y su hijo manejan la carnicería desde enero). Esa soy yo amasando pan, preparando *rouille* de pimientos rojos, metiendo un pescado en el horno. Esa soy yo en el barrio chino comprando *panko*. Esa soy yo llevando en brazos a la hija recién nacida de unos amigos. Esa soy yo poniendo naftalina y lavanda en los placares. Esa soy yo dando una clase de tres horas un lunes por la noche. Esa soy yo respondiendo una entrevista por skype. Esa soy yo recibiendo a un plomero y, después, al hombre de DHL. Esa soy yo viajando hacia un penal de la provincia, y esa soy yo de pie en el patio del penal conversando con dos presos durante horas. Esa soy yo en una

casa enorme y lujosa de un barrio privado. Esa soy yo
haciendo abdominales sobre el piso de granito. Esa soy
yo arrancando tréboles de las macetas del balcón. Esa
soy yo cortando la primera orquídea del año, poniéndo-
la en un florero, olvidándola un segundo después. Esa
soy yo leyendo un libro de poemas de Charles Simic.
Esa soy yo respondiendo correos electrónicos. Esa soy
yo escuchando el concierto número 21 de Mozart en el
teatro Colón. Esa soy yo en un bar de moda donde sirven tragos en frascos de mayonesa. Esa soy yo en un
avión, mirando una película. ¿Verdad que no parezco
una mujer que esté preguntándose, a cada paso, todo
esto para qué? No deja de ser asombroso.

Oculta

Escriba con odio, amor, me decía. Escriba con rabia, use su miedo, su furia, sus pasiones bajas. Y ocúltese, amor, decía, nunca se muestre. Usted es más que eso, más que la distracción, más que el ruido del mundo. Ocúltese y escriba. No pierda el tiempo. Escriba o será infeliz, o nunca será libre. Y un día me fui. Nunca le dije adiós, ni devolví las cosas que nos dimos. Me fui porque eso no podía ser, porque cómo iba a ser, porque de qué manera. Muchos años después lo encontré en la calle. Estaba hermoso aún, ya viejo. Me tomó del brazo, me llevó a un zaguán, a un cuchitril, a un recoveco, y yo pensé «Como antes», porque antes siempre nos veíamos en zaguanes, en cuchitriles, en recovecos, en los años en los que él me decía venga conmigo, amor, huya conmigo, y yo le contestaba, riéndome como una hiena joven, estás loco, loco, y regresaba a mi cuarto de adolescente impune lleno de pósters y de libros del colegio y me perdía sin dar señales de vida durante semanas, hacien- do la estúpida coreografía juvenil de entonces, el bar, la disco, la plaza (mientras mantenía un cuello de hombre bajo mi guadaña), y el día en que lo encontré en la calle, después de todos esos años de no verlo, de no saber de él, no dije hola, ni cómo estás, ni tomemos un café; dije algo malo y vil y destructivo porque soy mala y vil y destructiva, porque todos somos malos y viles y destructivos, y lo dije sin ningún sentimiento, seca, como si yo fuera una plancha de metal y él un trozo de acero, dos cosas que no pudieran hacerse daño mutuamente, y él me sonrió con comprensión y malicia y a mí me dieron como tres segundos de pena y dos de rabia y nada más. Después se murió, supe por alguien. A lo mejor esto es mentira. A lo mejor no. No pueden saberlo porque no saben quién soy. Yo vivo oculta.

¿Les pasa?

¿Les pasa que, a veces, aunque todo esté bien, y el gato esté bien, y los padres estén bien, y los hermanos estén bien, y los primos y los tíos estén bien, y los hijos estén bien, y el trabajo esté bien, y los árboles del patio estén bien, y el jardín esté bien, y las macetas estén bien, y la comida esté bien y las ganas de cocinar estén bien, y los libros estén bien, y los poemas estén bien, y el sol que entra por las ventanas esté bien, y las plantas del balcón estén bien, y los pisos estén bien, y los amigos estén bien, y los bares estén bien, y el vino esté bien, y las calles y las cosas que hay en las calles estén bien, y los vecinos estén bien, y el barrio esté bien, y la ropa —prolijamente colgada en los placares— esté bien, y las cajas con fotos viejas —prolijamente guardadas en los placares— estén bien, y el mantel esté bien, y la mesa esté bien, y las cortinas estén bien, y el clima esté bien, y el auto recién lavado esté bien, y los recuerdos estén bien, y el cuerpo esté bien, y los óvulos y el esperma y el hígado y las glándulas y los isquiones y los fémures estén bien, y las canciones estén bien, y los viajes estén bien, y las paredes estén bien, y los cuadros estén bien, y las hornallas estén bien, y las ventanas estén bien, y el agua esté bien, y el pasado que nunca termina de pasar esté bien, y los pies estén bien, y las manos estén bien, y los ojos estén bien, y las sábanas estén bien, y el pan esté bien, y el desayuno esté bien, y la cena esté bien, y el amor y el dolor estén bien, y el perro esté bien, y todo esté bien, no les pasa que a veces descubren que tienen el corazón como un pedazo de carne atravesado por un anzuelo, la garganta llena de piedras, la vida pegajosa como lana húmeda, y se encuentran sin nada que querer, ni que decir, ni que esperar: sin nada? A mí me pasó. El otro día. Era jueves. Eran las cinco de la tarde.

Mal día

Era un día malo, con un peso blando y yugular sobre los hombros, con la piedra inmóvil de la angustia hirviendo en la garganta. Estaba a muchas cuadras de mi casa, náufraga. Leí un cartel inocente en un bazar — «Doce vasos al precio de seis» —, y ante esa vidriera llena de objetos horribles construidos con la rebarba del mal gusto y la precariedad sentí un hastío, un tedio, una repugnancia febriles. Eso me hizo pensar que estaba enferma. Que un profundo desperfecto químico se movía dentro de mí: mi vida estaba bien, no me dolían los pies ni la cabeza, había escrito (¡había escrito tanto durante meses!). Avancé, en ese lodo de tristeza resbalosa, llena de una irritación desesperada. Hasta que vi aquel banco de plaza donde te tumbaste boca arriba la noche en la que huimos del recital de Todos tus muertos porque te sentías mareado —el humo, la congestión trepidante de Cemento, aquel antro que adorábamos—, mientras yo estaba llena de cariño y espera y miraba tu camisa y te escuchaba respirar despacio con el recuerdo de la música rompiéndome las venas. Más de veinte años después de aquella noche caminé hasta ese banco bajo la luz lechosa del día, bajo el ojo glauco del sol, sintiendo una espuma negra rozarme los flancos, y el tormento se detuvo por completo. Y por un segundo, antes de entender que había sido feliz por error, sentí el tironeo de la felicidad más plena. Después, el día volvió a descargar sus huestes peores, desplegó alas de pájaro siniestro y regresé a casa con la boca cosida por un gemido animal masticando un poema de Gonzalo Millán: «No sé si viajo dentro o fuera de mí mismo. / Ya no sé si busco el centro o la salida. / Ya no sé detrás de quién avanzo / como un paralizado peregrino». En casa estaba todo. Pero dentro de mí sólo había una bestia sorprendida por revelaciones horribles que todavía desconozco.

Insoportable

La luz de esta tarde que cae sobre el vidrio de la concesionaria de la esquina y baña los autos impecables como joyas húmedas en los que uno puede imaginar a padres fatigados llevando en el asiento trasero a niños que huelen a jabón y vianda para el almuerzo a la siete de la mañana, es insoportable. La vidriera del bazar que muestra ollas de aluminio dispuestas con una prolijidad que rompe el corazón y carteles que dicen oferta tres vasos por cien pesos y la señora que frente al mostrador saca ceremoniosamente un billete de su monedero de lona como si estuviera comprando un anillo de Tiffany y se lleva los tres vasos envueltos en papel de diario, es insoportable. El hombre que en la pescadería insiste en darme su receta de pescado relleno no es insoportable, pero la idea del departamento oscuro donde vive con su mujer y en el cual cenan esa receta burda y el diálogo que tienen mientras tanto — «Cambiá el canal, viejo, que ya empezó el noticiero», «Bueno. Pasame la sal» — es insoportable. La chica de la caja del Carrefour Express diciendo quién sigue, la mujer que espera en la fila del Carrefour Express mientras mira su teléfono celular y una nena vestida con un pantalón rosa y zapatillas con rueditas le tira de la manga, el kiosco donde venden películas con carátulas desvaídas por el sol, la veterinaria donde hay bolsas de alimento para perros cubiertas de polvo, todo lo que siempre estuvo ahí, aumentado por una lente demencial y transformado en una motosierra que trepana el cerebro, es insoportable. En 1971 el pianista Thelonious Monk dejó de tocar y se recluyó hasta su muerte. Dicen que era depresivo, esquizofrénico. Alguien, a quien esas explicaciones no le bastaban, le hizo en aquellos días una pregunta: «¿Qué te pasa?». Y Monk respondió: *«Everything, all the time»*. Todo, todo el tiempo.

Quieta

He pensado a menudo en esta escena; un atardecer de cuando yo empezaba a ser adolescente y estaba en mi dormitorio apenada por, supongo, algún novio, mi padre entró, se sentó a mi lado y me dijo que todo lo que tenía que hacer para dejar de estar triste era pensar, una por una, en todas las escenas que me habían provocado esa tristeza. Que repasara el dolor, una y otra vez, hasta gastarlo: «Hasta que, cuando pienses en eso, ya no te produzca nada», dijo. Después se levantó y se fue. ¿Pudo haberme aniquilado? Pudo. Me dio, en cambio, templanza y voluntad de sobreviviente. Hay un poema, llamado «Desiderata», del poeta chileno Claudio Bertoni, que dice: «Piensas que despertar te va a aliviar / y no te alivia / piensas que dormir te va a aliviar / y no te alivia / piensas que el desayuno te va a aliviar / y no te alivia / piensas que el pensamiento te va a aliviar / y no te alivia / piensas que hacer un trámite te va a aliviar / y no te alivia / [...] / piensas que el sol te va a aliviar / y no te alivia / piensas que llover te va a aliviar / y no te alivia / piensas que conversar te va a aliviar / y no te alivia / piensas que oír las noticias te va a aliviar / y no te alivia / [...] / piensas que el tiempo te va a aliviar / y no te alivia». El dolor es el dios que a menudo nos convoca. Cuando toca caminar en medio de un valle de sombra de muerte, cuando no está claro qué parte de mí soy yo o el monstruo que me habita, sé —lo sé— que nada alivia. Ni despertar ni dormir ni tomar desayuno ni pensar ni hacer un trámite ni el sol ni la lluvia ni hablar ni quedarse muda. Así que, cuando nada salva, en ese lugar donde siempre estoy sola y son las tres de la mañana, no busco alivio. Tan sólo recuerdo aquella tarde y hago lo que dijo mi padre: contemplo al enemigo y me quedo quieta. Después, como todo el mundo, sobrevivo.

Hoy es ayer

El tiempo es un asesino. Hay días que transcurren en el pasado. Por ejemplo hoy, lunes de enero, 2019, el cielo tenso como un paño azul. Ayer vi un parque sumergido en un velo verde de luz esmeraldina en la que hubieran podido nadar peces. Me reí a carcajadas, comí guisos extraños, bebí. Sin embargo, hoy es un domingo de invierno de 1986. Yo había llegado hacía poco a Buenos Aires, que no era una ciudad sino un milagro peligroso, burbujeante de electricidad como un campo de promesas desiguales. Vivía sola y en las noches de verano me gustaba dormirme en el piso, la ventana abierta, mirando películas malas que pasaban en el canal 13 después de medianoche. No tenía lavarropas, mi heladera funcionaba mal, nunca me cansaba de andar por la calle, de ver cine. Atravesaba andurriales con las manos dentro de los bolsillos de mi chaqueta negra de cuero, mi disfraz de Batman que no servía para defenderme, diciéndome a mí misma: «Esto es la aventura, a esto viniste: no tengas miedo». Hablaba con los borrachos y con los mendigos. Iba a tugurios húmedos como una garganta donde travestis de piel muy blanca declamaban poesía cual demonios blasfemos. Pero a veces, no pocas, los días eran un lento viaje hacia la noche, una hora tras otra, todas llenas de vacío. Sobrevivía agónica, rodeada de un silencio hinchado, cancerígeno, sin afecto ni paz. Veía desde mi balcón los departamentos de los edificios de enfrente, las lámparas encendidas, las familias conversando en torno a la mesa de la cena, mientras yo hervía arroz o abría una lata de sardinas. En esos días todo transcurría dentro de mí, en una noche cenicienta y sin consuelo. Todo estaba por suceder y nada parecía posible. Hoy, cuando todo ha sucedido, hago, como entonces, lo único que se puede hacer. Arrío las velas. Aguanto.

Desvelo

Yo siempre puedo dormir, pero hoy no puedo. Así que he salido del cuarto y ahora escribo, en mi estudio, mientras la ciudad, al otro lado, permanece galvanizada de indiferencia ante los que no podemos dormir, los atiborrados de angustia, los suicidas, los enfermos, los locos y los solos. Yo no estoy atiborrada de angustia, ni pienso en suicidarme, ni estoy enferma, ni —creo— loca, y sobre todo no estoy sola. Apenas me ha despertado un sueño maligno. Hubo años en los que atesoraba mis pesadillas. Eran pequeños cofres de horror que contemplaba cada tanto con regocijo. No las llevaba, como ahora, al analista, como quien lleva un feto ya descuartizado y por descuartizar. Son las cuatro de la madrugada, hace un poco de frío, nada se mueve ahí afuera. Cuando era chica, en noches quietas de invierno, me gustaba pensar en *El Eternauta*, la historieta en la que Buenos Aires amanece sumida bajo una nevada venenosa que mata a muchos y obliga a tantos otros a quedarse en sus casas. Fantaseaba con quedar atrapada, mi familia y yo, en nuestra casa cómoda y segura, nuestro nido de luz. Ya no quedan nidos de luz. Ni quedan nidos.

No estoy triste. Es sólo que quisiera, a veces, acallar ese ruido continuo dentro de mi cabeza de dragón. Ese murmullo que no cesa. Quizás les pasa: un tironeo, una tensión que viene desde todas partes: el pasado, el futuro. Las preguntas por lo que vendrá. Porque ¿qué vendrá? ¿Estará allí siempre todo lo que está allí ahora? ¿Qué, de todo esto, será pantano, recuerdo, gajo desvaído de lo que alguna vez fue? Todos los desvelos vienen de no saber y de querer saberlo todo. Recuerdo ese poema de Louise Glück: «En una época, / sólo la certeza me daba / alegría. Imagínense... / la certeza, una cosa muerta». Esa cosa muerta, malditamente necesaria.

Domingo

Es domingo. El domingo es, a veces, una tierra donde lo único que queda es el combate. Voy a una exposición de gatos en un hotel del centro. La conjunción es enervante: gatos en un hotel alguna vez señorial que ahora, en el esplendor de su decadencia, imagino como un sitio donde el empapelado se desprende de las paredes con el crujido que tiene la tristeza, y cortinas untadas de desgracia. No sé por qué voy. ¿Por qué soy así, qué busco? Estaciono. Camino. Me abre la puerta un hombre joven, pálido, vestido con un chaleco verde y un pantalón marrón. Lo imagino durmiendo en una pieza sin ventanas, humillado por una inquilina que lo obliga a secar los azulejos del baño después de ducharse (tendemos a defendernos del espanto de tener vidas así endilgándoselas a otros). La exhibición se hace en un salón chico. Hay mesas y, sobre las mesas, jaulas con gatos. Detrás de cada jaula, un dueño: los varones usan anillos de plata, suéters con escotes en V por los que asoman pelos del pecho; las dueñas llevan los labios pintados de un rojo alarmante. Los gatos parecen muertos. Hay ruido y olor a orín y demasiada tintura para el pelo. ¿Qué hago acá, qué busco? Veo a una mujer vieja con una vincha imitación orejas-de-gato besar en la boca a un gato que no tiene pelos. El horror tiene formas diversas. Salgo. Me abre la puerta el conserje pálido y siento ganas de hacer algo por él, o de que él tenga ganas de hacer algo por mí. Afuera, la luz del día es silenciosa, sucia. Pongo el auto en marcha, enciendo la radio. Suena *Gloria*, de Laura Brannigan. Me veo con quince años, aullando en una discoteca de pueblo con la euforia fácil de esos años difíciles: «*Gloria, don't you think you're falling!*». Subo el volumen, intentando evocar algo que no sé bien qué es, pero no pasa nada. Regreso a casa. Enciendo el televisor. El domingo late afuera como un fantasma o como un miedo. No hay moraleja.

Éxtasis

Ella estaba al otro lado de la mesa del bar, entre el olor del café y los camareros jóvenes que llevaban una etiqueta prendida a la solapa anunciando sus nombres. Les agradecía diciendo «Merci», con un acento francés que era como un macarrón, y los trataba de usted: «Por favor, señor Miguel, ¿puedo pedirle otro café?». Exhalaba un perfume que sólo se consigue en casas donde las dependientas te conocen, te dicen «Qué alegría verla, tengo algo para mostrarle», y toman con dedos respingados, de un mueble de vidrio, algo que no es un perfume sino una obra arquitectónica, un perfume como un edificio. Hablábamos del goce supremo de los míticos y de pronto exclamó «¡Ah!», como quien acaba de descubrir un diamante en el plato, y me dijo «No hay nada que me guste más que estar en éxtasis». Le pedí que se explicara mejor. El rostro se le cubrió de una expresión de criatura del bosque, una mezcla de inocencia y curiosidad santa, y me contó de un espectáculo de marionetas que había visto, marionetas de trapo que se movían con cadencia acuática, como impulsadas por un soplo inhumano. «Salí en éxtasis», me dijo, elevando los ojos hacia el techo como si fuera el cielo, y entendí que quería decir que había flotado. Cuando se fue, me quedé mirándola a través del vidrio. Éxtasis, me dije. ¿Cuánto hace? Mis jueves que desembocaban en domingo. Ese hombre extraño diciendo, antes de masticarme, «Hola, periodista». Aquel sótano en el que bailaba hasta que me dolían las rodillas. Las noches como cascarones repletos de gotas de luz. Ahora soy la-señorita-viajero-frecuente tomando aviones con la esperanza de que en el menú de entretenimiento esté la última *Misión imposible* porque no hubo tiempo de verla en el cine. Porque nunca hay tiempo. Porque ya no hay tiempo. (Y también miento cuando digo eso. Cuando digo que soy sólo eso.)

Mi sombra

Son las ocho y las diez y las doce y la una. La casa está en silencio, como si toda la ciudad funcionara con un combustible muerto y secreto. Sé que hay vida, pero no sé dónde está. Son las ocho, las diez, las doce, la una. Las gatas duermen en el sillón tapizado en color rosa chicle, o rosa dior, o rosa fondant (como el de las tortas de cumpleaños de la infancia, cuando los pensamientos no eran el mar de los desesperados sino una consistente máquina repleta de certezas que ya no se consiguen, como las piscinas que llegaban puntuales cada verano, y el calor, y los juegos sigilosos de la siesta). La casa está en silencio, flotando no en calma sino indiferente, como una enorme cabeza de hormigón con los oídos tapiados, y a las ocho, a las diez, a las doce, a la una, lo intento: pongo palabras, las quito, las vuelvo a poner, escribo rosa chicle y borro, escribo rosa dior y borro, escribo rosa fondant de torta de cumpleaños y entonces sí, recuerdo aquellos cumpleaños infernales, los gritos de los niños, el color de las grageas y el plástico de la piñata, una madeja de emociones infecciosas, y me vuelve el olor del cloro en la piscina (y mi abuela y yo juntando brotes de hinojo en las vías calientes, y los martillos con olor a óxido del galpón de mi abuelo, y el lomo de mi yegua Morita, y los trigos ásperos, y las rodillas fustigadas por el campo), y las excitantes siestas silenciosas, los susurros mientras dormían los adultos, las uvas frescas como si las envolviera no el hollejo sino en una lámina de agua, los perros a la sombra, el mundo envuelto en un guante de calor, la quietud de acero del verano, la parra crepitante, y todo eso no alcanza para decir nada. Son las ocho, las diez, las doce, la una. «Cambio sistema solar / por dos palabras ciertas / que consigan decir toda mi sombra», escribió el argentino Pedro Mairal.

No basta

Hoy compré una docena de jazmines en el puesto de la esquina, subí a casa y los puse en un florero con forma de pecera. Corté romero de la maceta del balcón, lo lavé y lo dejé sobre una tabla en la cocina. Leí estos versos de Martín Prieto, argentino: «y no sé nada, no pienso nada, sigo dormido, / hasta que apoyo la boca / en el borde de la porcelana y reconozco ahí un resto de saliva / seco ya y todavía perfumado / que concentra, sobre mi cabeza, / toda la presión del universo». Hay olor a pan recién horneado (porque he horneado pan). Encendí la lámpara del living, abrí la ventana del cuarto. El sol atraviesa las cortinas como una mermelada ambarina y espesa. La casa está fresca, aireada. Miro los libros de la biblioteca, el caracol irisado que traje desde Filipinas y que parece un ser de otro planeta, algo que da algarabía y también un poco de miedo. Son las siete de la tarde y hay todavía mucho sol y olor a condimentos y a levadura y a flores. He escrito duramente, largamente, trabajosamente durante toda la tarde. He hecho cosas. Pero ya saben. Siempre está ahí, agazapado, eso que dice que con esto no basta, que nunca basta. «Tal vez no era

pensar, la fórmula, el secreto, / sino darse y tomar per-
dida, ingenuamente, / tal vez pude elegir, o necesariamente, / tenía que pedir sentido a toda cosa. / Tal vez no
fue vivir este estar silenciosa / y despiadadamente al
borde de la angustia / y este terco sentir debajo de su
música / un silencio de muerte, de abismo a cada cosa /
[...] / Tal vez pude subir como una flor ardiente / o tener
un profundo destino de semilla / en vez de esta terrible
lucidez amarilla», escribía la uruguaya Idea Vilariño en
los años cuarenta. A veces pienso que mi oficio no es
otro que el de venir aquí y contrabandear poemas que
escribieron otros. Después, alguna vez, salir en puntas
de pie, quedarme quieta, desaparecer.

Distracción

Plantas en mi balcón, un colibrí, el cielo como una bandeja celeste, palomas, polvo traído por el viento y depositado como una capa de vello rubio sobre el piso de pinotea —yo, tratando de escribir esta columna—, el pez articulado con escamas de nácar que era de mi abuela y que está junto a mi computadora, el cairel de la araña de su casa que se rompió la semana pasada y cuyos trozos coloqué sobre un paño, el goteo sincopado de un reloj —yo, tratando de escribir esta columna—, retazos de recuerdos —una cena en la plaza de Puebla, un hotel en Arequipa, risas—, la alfombra áspera bajo los pies, las uñas de los pies que pinté ayer de color sangre, el pote con crema para las quemaduras (me quemé cocinando) cuyo olor me recuerda al de la crema que me ponía mi abuela para curarme las rodillas después de haberme pasado el día jugando juegos de varones —yo, tratando de escribir esta columna—, el pan en el horno, la máquina lavadora funcionando con su eficacia fresca, una nube como el retazo de una tela limpia, el poema de Ana Ajmátova que no citaré, la sencillez rampante de los lápices negros en mi portalápices de acero —yo, tratando de escribir esta columna —, el pequeño gajo de la desesperación asomando como una uña maligna, el abismo ahí nomás, la charla de hace días con el dibujante Miguel Rep, en su programa de radio, cuando le hablé de *Un hombre enamorado,* el libro de Karl Ove Knausgård que él no conocía, diciéndole que era la historia de un escritor que busca desesperadamente el tiempo y el espacio para escribir mientras vive con una mujer y unos hijos a los que ama, inmerso en una rutina que lo tranquiliza y que necesita pero que, a la vez, lo aniquila y le impide trabajar, y Miguel Rep, con ojos de quien ya ha estado allí, diciendo sabia, medirianamente: «Ah. La felicidad como distracción». Yo, que no he dejado de pensar en eso desde entonces.

Doctor L.

El doctor L. ejerce algo en lo que no creo: la medicina tradicional china, que incluye la acupuntura. Voy a ver al doctor L. desde hace un tiempo, no mucho. El suficiente para decir que soy paciente asidua. No tengo problemas, pero sí tengo problemas. Entonces, voy a ver al doctor L. Atiende en una casona antigua donde hay un olor enervante a menta y a raíces. Tiene ochenta años que parecen sesenta. En verano usa shorts de jean a mitad de muslo, cómicos. Eso es lo único cómico del doctor L. Cuando me tiendo en mi camilla me habla del tiempo —«Tiempo es suyo; usted no es del tiempo»—, me da consejos que no intento descifrar («Usted mucho fuego. Coma sandía»), o me dice «Cuide salud ahora, vive cien años». Yo no estoy segura de querer vivir cien años. Como todo el mundo, quiero ser inmortal. Cada vez que me pone sus agujas dice: «Descansa», y desaparece. A veces me pone alguna que produce una descarga eléctrica punzante y no me quejo. Entonces, él dice: «Buena mujer, buena aguja», y yo me siento orgullosa de saber que mi dolor es mi perro: que me acompaña fiel, domesticado. Cuando el doctor L. se va, yo hago algo que nunca hago, salvo cuando duermo: cierro los ojos. Y escucho que, desde las camillas cercanas, llegan quejidos, ayes. La gente que va a ver al doctor L. tiene dolencias graves: hernias, pinzamientos. Yo no. Yo tengo, apenas, mi pequeño error de paralaje, mi desgracia leve. El río dentro de mí que se enturbia y enfría las venas como un mal presagio. Mientras estoy tumbada escucho al doctor L. ir y venir como una abeja laboriosa entre todo ese sufrimiento humano. Y no pienso en nada. El doctor L. logra lo que no ha logrado nunca nadie, ni hombre ni mujer ni mar ni río: hacerme cesar. A veces me pregunto por qué voy; si mi peregrinación al doctor L. no es una forma, como cualquier otra, de la inutilidad y de la fe.

Rota

Y entonces, porque yo estaba triste, el sábado pasado
me llevaste a ese parque, tan cerca de casa, tan lejos del
mundo, y caminamos por el sendero de tierra, entre las
cañas de bambú, respirando el aire fino y caliente en el
día desierto, y me contaste que habías estado allí un
tiempo atrás, tomando unas fotos, y que te habías topa-
do con un tipo rarísimo que tocaba la guitarra detrás de
un arbusto —como un desconsolado, como un perro
frenético—, y lo imitaste a gritos y yo me reí (recordan-
do aquella vez, hace años, cuando éramos casi unos desco-
nocidos y, en un bar de una isla de Colombia, mientras
sonaba Bob Marley, vos, hasta entonces silente y discre-
to, empezaste a cruzar la pista de una punta a la otra,
con unos ridículos pasitos à la Fred Astaire, y yo te miraba con asombro y felicidad como quien descubre un
tesoro recién hecho), y cuando llegamos a un recodo del
camino me señalaste una hiedra, me dijiste «Ponete ahí»,
y bajo ese sol de ámbar empezaste a tomarme algunas
fotos. Todo olía a eucaliptus y a tierra, y sonó la cam-
pana que anunciaba el paso de un tren y la tarde, dentro
de mí, se hizo trizas en miles de fragmentos de sangre y

hueso y hielo, y vos te acercaste, me quitaste un mechón de la cara, me dijiste «Tan linda», y yo te miré desconcertada, como un animal encandilado y alerta, y me preguntaste «¿Mejor?», y yo te dije «Sí». Y me sentí un monstruo, un animal, un ser lleno de secretos y pájaros oscuros. Porque no era verdad. Porque, a pesar del paseo y las fotos —y el mechón de pelo y tu intento de salvarme de todas las cosas— no era verdad. Porque la gente no salva a la gente: la gente se salva sola. Y no supe si vos lo sabías.

Debajo

Pasaron semanas. Yo vagaba. Creyendo que estaba viva. Hasta que un hombre al que casi no conozco me dijo algo, y se quedó mirándome. Yo respiré como quien acaba de ser alcanzado por un disparo perfecto (eran palabras: palabras perfectas). Entonces el hombre se rio. Era una risa tan real como las piedras. Y yo sentí que la pulpa fría de la anestesia se desvanecía dentro de mí y dejaba a la vista los gajos de un entusiasmo iridiscente. Fue como abrir una habitación cerrada y ver cómo el moho, la humedad, las telarañas, la niebla pegajosa del tiempo detenido, los vahos de la sombra oculta debajo de la cama, el polvo raído en las alfombras, la tierra pegada a los cristales, reptaba y se iba lejos. Y empecé a reírme. De mí, de mí, de mí. Y seguí riéndome cuando me despedí de ese hombre, y cuando salí a la calle, y cuando caminé hasta la parada del autobús (acá decimos «colectivo»), y mientras miraba por la ventanilla la hojarasca del otoño, un resplandor de fuego como cientos de cabezas pelirrojas arrojadas a la calle (¡qué imagen tan fea!). Y aunque el día era hostil —viento, frío—, nada me resultaba horrible. Tampoco hermoso. Tan sólo tremendamente sólido. La gente no parecía pesarosa ni agobiada. Era gente desconocida, con vidas raras, como la mía. Y sentí una alegría de panadera, de delantal, de pelo recogido, de olor a mina de lápiz, una alegría venida de la nada. Qué bien, me dije. Bajé del colectivo, caminé, llegué a casa. Entendí, con satisfacción, que nada había cambiado, que no estaba eufórica: que era un día como solían ser los días antes. Debajo de las sombras, de la rigidez, de las películas que no vi, de los bares a los que no fui, de los viajes que hice sin querer hacerlos, de los amigos con los que no pude encontrarme, estaba yo. Un hombre desconocido me había llevado de regreso a casa. Allí permanezco.

La tregua

Era martes. Quizás miércoles. Las usuales veinticuatro horas de un día de semana, el tiempo en histérico equilibrio sobre la navaja tensa de la ansiedad. Salí temprano para ir al médico. Buenos Aires ya estaba a toda marcha, devorando hollín, malhumor y prisa vacua. En el hospital me atendieron rápido, me dijeron que todo estaba bien. Al salir, pasé por una verdulería y compré paltas. Caminé hasta el subte y en el vagón, casi vacío, leí un poema de Sharon Olds. Marqué estos versos: «mi viejo / amor por él, como la caja torácica de un pájaro cantor totalmente / pelada». Al llegar a casa me hice un té. Acaricié a una gata. Respondí correos. Me cambié de ropa. Me puse este collar. Volví a salir. En la calle había una luz azul, pesada como una capa. Paré un taxi, le indiqué una dirección. Bajé poco después frente a un restaurante que funciona en un museo que, a su vez, funciona en una casa señorial. Había mesas en el patio, la gente conversaba rodeada de árboles añosos. La persona con la que iba a encontrarme estaba en el vano de una puerta, bajo un rayo de sol, con una taza en la mano. Me acerqué. Me dijo que estaba mirando el ombú que ella misma había plantado años atrás, cuando ese restaurante era suyo. Pensé: «Cuántas cosas pueden hacerse en un día». Era un pensamiento estúpido, pero llegó con la dureza saludable y definitiva de un limón. Recordé, con regocijo, ese verso de Dylan Thomas: «La pelota que arrojé cuando jugaba en el parque / aún no ha tocado el suelo». Nos sentamos, nos reímos. En un momento, recordé el olor a madera de la mesa donde mi madre amasaba todos los domingos, y lo olvidé de inmediato. Sentí una completa ausencia de melancolía. Regresé a casa, tomé apuntes para escribir una columna. Preparé la cena. Hacía años que no me sucedía: tener un espléndido día cualquiera. Al fin, me dije, una tregua. Pero tregua al fin.

¿Saben?

¿Cómo se llama? Esto que me pasa ahora. Es sábado. Acomodo en las alacenas cosas que acabo de comprar: jengibre, osobuco, agua, flores. ¿Cómo se llama? Esto. La cocina está desordenada y linda, como una mujer bella y despeinada, con laxitud resacosa y ausente de melancolía. La luz entra por las ventanas con un borboteo lento. Las gatas duermen junto a la estufa sobre un hermoso nido de lana cruda que les traje de Canadá. ¿Cómo se llama? Esta vibración en el pecho, este ahogo transparente, este brío. Como si al final del día me esperara una fiesta fantástica. Este vibrato de alegría no química que podría ser también su reverso: una congoja crocante y hermosa. ¿Cómo se llama? Esto. Esta lucidez de estreno. Los cantos de los pájaros cuelgan como carámbanos de las copas de los árboles que parecen un incendio manso. Nada extravagante está por suceder pero siento el cerebro enfocado como una máquina dulce, indolora. ¿Cómo se llama? Esto. Que no es amor ni placidez, pero que es amor y es placidez. Esta cosa viva, viva, viva, que se me resbala del corazón como un agua. Este optimismo tranquilo. Esta ausencia de desazón.

Imágenes de mi pueblo y de Venecia. El recuerdo de la risa de mi madre, ganas de verla. Todo ese pasado volviendo a mí con otro rostro, más limpio: la pampa, la pampa, la pampa. ¿Cómo se llama esto? La añoranza del olor de los caballos. El recuerdo del ruido de la puerta de cancel de la casa de mi abuela. Este tiempo que no transcurre hoy. Esta pequeña nuez dorada hecha de fragmentos magníficos. ¿Cómo se llama? Apenas me atrevo a moverme. Grabo el sonido del crepitar de las estufas y, en la suave tarde viajando hacia la noche, se lo envío al hombre lejano. ¿Cómo se llama? Esto. ¿Alguien puede decirme?

Cuidado

Leo, hacia el final de *Un hombre enamorado*, la temible y fabulosa novela del noruego Karl Ove Knausgård, esta frase: «Mis rabias eran mezquinas, me enfadaba por detalles tontos, ¿a quién le importa quién fregó qué a la hora de mirar hacia atrás al resumir una vida? [...] ¿Cómo se podía echar a perder la vida enfadándose por el trabajo de la casa? ¿Cómo era eso *posible*?». Sí. ¿Cómo es eso posible? Y, sin embargo, la pila de platos sucios, la pelea en torno a quién le toca hacer la compra, transforma nuestro corazón, alguna vez en llamas, en un pantano ciego. Y lo hace con una eficacia sibilina, más tóxica e irreversible que una catástrofe mayor. A veces, cuando camino por la calle y veo caras sumergidas en la indiferencia, en la resignación o el miedo, me digo: cuidado. Porque ¿cómo es que sucede? ¿Cuándo la fruición de la carne empieza a deslizarse, anestesiada, entre las páginas de un libro, los anteojos para la presbicia, el beso de las buenas noches? ¿Cuándo dejamos de reírnos como lobos? ¿En qué momento la prudencia empieza a ser más importante que todo lo demás, el crédito hipotecario que todo lo demás, la compra en el supermercado que todo lo demás? ¿Cómo, en qué momento los domingos de almuerzo con los suegros reemplazan para siempre el desayuno a las cuatro de la tarde, el amasijo, los tiernos bordes de la noche licuándose en un amanecer de pájaros ardientes? ¿Dónde está aquel sueño imposible, tan enloquecido: a qué pila de escombros hay que ir a buscar? Cada vez que veo en las caras la prudencia, la resignación, el miedo, me digo: cuidado. Me miro la sangre y los tendones. Me entreno para estar despierta. Dicen: «Les sucede a todos: el tiempo pasa». Me dirán loca. Yo siempre estaré buscando, bajo los adoquines, la arena de la playa.

Destrucción

¿Qué recuerdo? Cada parte. La muesca que se le dibujaba junto a la boca al encender un cigarro; la forma en que fruncía el ceño cuando se reía con pavor, como si se escandalizara por reírse tanto. La raíz espléndida del cuello, la clavícula como una cruz pagana. Tenía unos hombros inexplicables, los hombros de alguien que sufre mucho pero que quiere seguir vivo. Yo era muy joven y él también, y a veces, antes de acercarse, me miraba como si estuviera por cometer un acto sagrado o un sacrilegio. Tenía en el rostro un dolor clásico, una elegancia drástica. Me gustaba, como nos gusta a tantos, que fuera un hombre herido y viera en mí una posibilidad de redención (que yo no iba a darle). Estaba roto, como yo lo estaba, pero su catástrofe era serena y yo, en cambio, era un diablo emergido de una pampa quemada sin sitio al cual volver. Al principio quiso irse, pero lo retuve de manera simple, diciéndole «Si te vas me da igual». Hasta que quiso quedarse irreversiblemente. Yo me sentía curiosa y cruel, pero también gentil y emocionada. Había algo en él. Una especie de calma dramática, contagiosa. Un día llegó a mi trabajo con un ramo de flores. Yo no lo esperaba. Sonriendo, tímido y sin trampas, me dijo cosas. Todas las cosas que todos quieren oír alguna vez. Yo reaccioné como una hiena espantada, como un chorro de luz negra, muriática. Recuerdo que en el antebrazo tenía un músculo magnífico. Cuando se tensaba hacía pensar que todo en él estaba hecho de un material fresco, noble y tenaz: que podía llevar la carga. Era un hombre. Al que severa, grave, meticulosamente hice pedazos. No he venido aquí a pedir disculpas sino a decir que arrojen la primera piedra. Todos hemos sido, alguna vez, el monstruo de alguien.

Instrucción 1

Vaya hasta la sala de su casa. Déjese caer en un sillón. Él va a llegar poco después. Mire por la ventana, como si intentara que él se diera cuenta de que usted es el pararrayos de la melancolía de todo el universo. Él va a preguntar: «¿Qué pasa?». Piense: «Que todo lo que me gusta de vos ha desaparecido». Diga: «Nada, ¿por?». Él va a decir: «Estás pensativa». Sienta que la garganta se le cierra como si un puño intentara atravesarle la trá- quea. Él va a decir: «¿Querés que vayamos a un bar, al cine?». Diga: «No tengo ganas». Él va a decir «Como quieras». Sienta ira. Pregúntese por qué él no insiste. Sienta que sus pensamientos se confunden como insectos histéricos. Sienta deseos de beber, de fumar. Pregunte: «¿Compraste algo para la cena?». Él va a decir: «No, ¿vos?». Diga: «No». Él va a decir: «No importa. Coma- mos cualquier cosa». Diga: «Bueno». Mire cómo él se pone de pie y va hacia la cocina. Sienta que la tristeza es un río barroso del que usted ya no va a salir nunca. Póngase de pie. Camine hacia la cocina. Él va a estar mirando el diario. Sienta que su vida es perfecta —estu- pendo trabajo, casa impecable—, pero que cualquiera tiene una vida mejor que la suya. Sienta una rabia seca. Piense: «Quiero abrirme un hoyo en la mano». Piense «Él no se daría cuenta». Quiera sangrar profusamente. Diga «¿Querés vino?». Escuche cómo él dice: «No, gracias». Abra un cajón y, al cerrarlo, empújelo con fuerza excesiva. Vea cómo él levanta la cabeza. Diga con furia, como si fuera un canto guerrero: «Yo sí». Abra una botella. Escuche cómo él dice: «Amor, no te preocupes. Todo va a estar bien». Sienta que los ojos le queman. Pregúntese: «¿Esto que siento es odio?». Sienta que es necesario decir algo. Guarde silencio. Piense: «¿Esto que siento es desprecio?». Empiece a cocinar.

Instrucción 2

Mírese al espejo del baño. Repase el delineador, el rimmel. Piense «Debo ponerme los aros que me regaló». Vaya hasta su cuarto, búsquelos, póngaselos. Tome su bolso, salga de la casa, suba a un taxi, dígale al taxista el nombre del hospital. En el hospital, haga el camino que conoce de memoria. Golpee la puerta suavemente, abra. Respire la atmósfera de la habitación, cargada de olor a sábanas limpias. Piense, como piensa siempre, «Qué linda luz». Salude a su madre, sentada junto a la cama. Vea cómo le indica que no haga ruido porque su padre, después de una noche de dolores sangrientos, duerme. Pregunte, como siempre pregunta, cómo está. Escuche, como siempre escucha, la misma respuesta. Siéntese. Mire a su padre en esa cama en la que lleva ya dos meses. Siéntase irritada. Pregúntese: «Para qué vengo, si no puede verme». Piense: «Si yo estuviera en su lugar, él elegiría morir por mí». Piense: «Me aburro». Converse con su madre de cosas que no le interesan. Al cabo de dos horas, mientras su padre aún duerme, salga de la habitación. En el pasillo, encuéntrese con el médico que lo atiende. Pregúntele cuánto tiempo le queda.

Escuche cómo el médico le dice: «Poco». Sienta alivio y sienta pánico y sea descortés: márchese sin saludarlo. Tome el ascensor, salga a la calle, suba a un taxi, regrese a su casa. Después de cenar, al acostarse, apague el teléfono móvil. Piense: «Así evitaré que suceda esta noche». Piense «Soy una idiota». No pueda dormir y, en algún momento, duérmase. Tenga sueños fangosos. Despiértese a las tres de la mañana con el sonido del teléfono fijo. Deje que suene dos, tres, cinco veces. Salga de la cama. Camine hasta la sala. Levante el tubo. Diga, horrorizada, «Hola». Piense: «De modo que así es como me empiezo a quedar huérfana».

Instrucción 3

Siéntese en su estudio. Intente escribir. Escriba. Borre. Dígase a sí mismo: «Esto está muerto». Dígase: «Estoy muerto». Levántese. Vaya a la cocina y haga un té. Béba- lo mirando por la ventana, enloquecido por la lentitud del mundo. Pregúntese cuándo fue la última vez que escribió algo bueno. No se atreva a pensar una respuesta (pero sepa que la respuesta es: «La semana pasada»). Pase los tres días siguientes intentando escribir. Fracase. Siéntese cada tarde a leer fragmentos de cosas que haya escrito antes. Dígase: «Ya no podré volver a hacerlo». Ante su mujer, muéstrese hosco. Cuando ella pregunte qué le sucede, responda: «No puedo escribir». Cuando ella diga: «No te preocupes, cada tanto te pasa», respon- da «Esta vez es definitiva». Cuando ella diga, cariñosa, divertida: «Siempre decís lo mismo», trátela mal. Dígale que ella no sabe nada, porque no escribe. Dígale: «Nadie puede hacer nada por mí». Cuando deje la habitación, ofendida y después de mirarlo con furia, siéntase culpable pero no vaya tras ella. Sobre todo, no pida disculpas. En la noche, al acostarse a su lado, diga «Que descanses», como si fuera el saludo de un desahuciado. Pase dos o tres días bebiendo mucho. En las mañanas, apenas despertar, sienta el peso de la angustia como un pájaro muerto sobre el pecho. Acuéstese temprano, vacío, aburrido, sin saber qué hacer. Al cabo de dos semanas lea, dentro de su cabeza, una frase. Corra a su estudio. Siéntese. Abra la computadora. Escriba. Escriba más. Escriba durante dos horas. Al terminar sienta hambre, ganas de tener sexo y de gritar. Llame a su mujer, léale lo que ha escrito en voz alta, vea cómo ella se emociona. Piense: «Soy patético». Cuando esté solo nuevamente diga, en voz alta: «Soy patético». Sonría. Siga escribiendo hasta el final de la noche.

Instrucción 4

Dígale adiós en un aeropuerto (o en una estación de tren, o de autobuses). Después, camine hacia la salida y no se dé vuelta. Repase los últimos rastros de su olor en la memoria (recuerde el último beso). Pregúntese si ella se habrá dado vuelta. Dese vuelta. Vea cómo ella ya ha desaparecido. Camine hacia la salida. Sienta una opresión en el pecho. Piense: «Si esto fuera una película, yo debería correr hacia ella y ella debería estar corriendo hacia mí». Siga caminando; esto no es una película y usted no tiene tiempo que perder: debe empezar a sufrir. Sufra. Diga: «Hola, aquí está el dolor». Diga: «Hola, bienvenido dolor». Sepa que sentirá eso durante mucho tiempo. Pregúntese si va a soportarlo. No encuentre respuesta. Camine hacia la calle. Encienda un cigarrillo. Sienta náuseas. Piense: «El tiempo pasó demasiado rápido». Sienta que sería capaz de recordar todos los días que pasaron juntos, hora tras hora. No lo haga: déjelo para después, para cuando su ausencia se vuelva insoportable. Camine hasta el auto. Meta la llave en la cerradura. Abra la puerta. Piense: «Hace media hora estábamos aquí». Respire el aire de la cabina. Mire el asiento trasero, donde hasta hace poco estaba la valija. Sienta cómo cada poro de su cuerpo se abre como una boca llagada. Pregúntese qué estará haciendo ella ahora. Pregúntese si pensará en usted. Pregúntese cuándo va a volver a verla. Pregúntese si volverá a verla. Suba al auto. Ponga el auto en marcha. Salga del estacionamiento. Respire. Mírese en el espejo retrovisor. No se reconozca. Piense: «Ese no soy yo». Diga en voz alta: «Te necesito». Diga en voz alta: «Te extraño». Maldígase. Sienta que nada tiene sentido y que no lo tendrá por mucho tiempo. Piense en morir. Elija no morir. Siga adelante.

Instrucción 5

Cuando le recuerde que tienen una cena el viernes en casa de sus amigos, note que él preferiría no ir. Diga: «Voy sola». Escuche que él dice «No, te acompaño». Sienta alarma. No sepa por qué. El día de la cena, mientras van en el auto, vea que él frunce la boca como hace cuando quiere demostrar reticencia. Pregúntele: «¿Tenés hambre?». Escuche cómo él dice: «No mucha». Una vez en el sitio toque el timbre, espere. Diga «Hola» cuando le abran. Ya dentro, acepte la copa de vino que le ofrecen los anfitriones. Converse mientras él, de pie, bebe sin hablar con nadie. Cuando los dueños de casa inviten a la mesa, note que él se hunde en un mutismo del que sólo saldrá para decir «Está seca, ¿no?», refiriéndose a la carne que acaban de servir, en voz demasiado alta. Diga «No me parece». Empiece a sentir que el silencio de él está cargado de una ofuscación agria. Hable con los demás —de su trabajo, de política— y sienta que él la escucha y piensa que usted es una hipócrita. Vea cómo él, de pronto, toma dos tenedores, los clava en un trozo de pan, intenta colocar el artefacto en el borde de una jarra. Vea cómo el artefacto se desbarranca y salpica el contenido de la jarra en el mantel mientras los dueños de casa dicen «¡No es nada!». Vea cómo él no pide disculpas. Al final de la cena, despídase, agradezca. Suba al auto. Sienta la ira como un hoyo de fuego. Diga: «¿Te pasaba algo?». Escuche cómo él dice, en tono inocente: «No, ¿por?». Diga: «No hablaste en toda la noche». Escuche que él dice: «Estaba cansado». Diga: «Cuando te vi con el pan y los tenedores pensé "¿Quién es este hombre?"». Sienta que el espacio que los separa se ha transformado en un bloque de granito. Vea que él pone en marcha el auto como si estuviera ahorcando a un animal. Escuche que dice: «Yo también me pregunto quién sos». Sepa que acaba de hacer algo irreversible. Quédese inmóvil. Espere que la catástrofe termine de suceder.

Instrucción 6

Pase un buen rato en el supermercado. Esfuércese. No siempre hace las compras, así que aplíquese con entusiasmo. Mire la lista que han confeccionado juntos: harina, huevos, café. Cuando no encuentre lo que busca —eso que en la lista figura con todo detalle: marca, cantidad— pregúntese: «¿Qué hubiera comprado ella?». Escoja en consecuencia. Después de un rato, chequee si falta algo y diríjase a la caja. Pague. Camine hasta su casa con brío, las bolsas colgando de los brazos potentes. Siéntase como un cazador-recolector que regresa a la cueva con la presa al hombro. Al llegar, anuncie: «¡Llegué!». Vea cómo ella se acerca caminando por el pasillo, con esa actitud que tiene en los últimos tiempos, como si se sintiera molesta, incordiada por algo que usted no alcanza a saber qué es. Deje las bolsas sobre la mesa y empiece a sacar la mercadería. Diga: «Acá está el té, la harina». Escuche cómo ella dice: «Esa no es la harina que te pedí». Diga: «No había, pero traje esta que parecía igual». Escuche cómo ella dice: «No es igual. Es más gruesa». Sienta, dentro suyo, un cosquilleo en el que se mezclan la tristeza y la ira. Diga: «Bueno, la cambio».

Escuche que ella dice: «No vas a ir sólo para cambiar un paquete de harina. En algo la usaremos». No responda. Vea cómo ella tiene en el rostro esa expresión que a usted le produce miedo y alarma: un gesto rígido de reprobación muda, como si todo su ser estuviera diciendo: «No se puede confiar en vos, no hacés nada bien». Recuerde cómo, hasta hace poco, usted era su héroe: cómo ella tenía fe en que usted podía arreglarlo todo: un caño roto, la falta de dinero, incluso el clima. Diga: «Traje arándanos». Escuche cómo ella, ya de espaldas, yéndose por el pasillo, dice: «Bueno. A vos te gustan». Pregúntese cómo, por qué, en qué momento empezó a ser, para ella, un perfecto imbécil.

Instrucción 7

Tiene que empezar de a poco. Un día cualquiera dígale una mentira menor. Miéntale, por ejemplo, con el precio del cactus que acaba de comprar. A ella el precio real le parecería un escándalo, entonces dígale que lo pagó mucho menos. Vea cómo ella, en vez de decir «¿Pagaste eso por un cactus?», de mirarlo con una reprobación muda que a usted ha empezado a producirle un miedo cerval, sonríe, dice qué lindo. Sienta que dentro suyo crece algo parecido al alivio. Después de todo, era fácil: sólo se trataba de mentir un poco. Empiece a hacerlo seguido, siempre con pequeñas cosas. Convénzase de que son maniobras de reacomodamiento, necesarias para que usted nunca vuelva a pensar, como ha pensado, «¿Quién es esta mujer, por qué me mira como si me odiara?». No le diga que votó a la derecha: dígale que votó a la izquierda, como ella. No le diga que el perro se escapó unas cuadras porque usted lo sacó sin correa: dígale que se asustó y que usted no tuvo fuerzas para retenerlo. Dígale que salió a correr —aunque no haya salido—, que pasó un lindo feriado estando solo mientras ella trabajaba —aunque desde las dos de la tarde la quietud opresiva de la ciudad le haya pesado como una manta negra. Sienta que el alivio, dentro suyo, crece. Después de todo, era fácil ahuyentar el miedo. Sólo se trataba de inyectar una dosis de ficción inocua. De limar las partes de su personalidad que a ella —quién sabe desde cuándo— la desesperan. De ofrecer una versión de usted desinfectada. Pase así uno o dos años. Un día, mientras estén cenando, vea cómo ella se lleva el tenedor a la boca con un gesto remilgado, desconocido, y escuche que le anuncia que se hará vegetariana. Sienta que dentro suyo la cólera crece. Las mentiras encerradas en un cuarto oscuro son, ahora, gatos dementes que arañan la puerta. Pregúntese «¿Quién es esta mujer?». Sepa que todo está perdido.

Instrucción 8

Mire por la ventanilla del auto. Vea cómo, a su derecha, se alinean moles de cemento y vidrio. Sienta frío, aunque sea un sábado soleado. Recoja los pies en el asiento. Mírelo a él, que conduce. Piense: «Qué guapo». Diga: «Qué feos esos edificios». Escuche cómo él dice: «Sí». Diga: «Tendríamos que llamar al plomero, por lo del caño». Escuche cómo él dice: «Bueno», no como si no le importara sino como quien considera el asunto algo muy poco entretenido para un día como ese. Siéntase, de pronto, urgida, como si quisiera enmendar una falta. Diga «¿Y si vamos al teatro?». Escuche cómo él dice: «¿Sí?». Diga: «Mejor no». Piense: «Si no nos gusta el teatro». Sienta una voluntad rara: como si quisiera complacerlo, pero haciendo cosas que usted nunca hace, en una actitud que sabe que resultará ridícula y sospechosa. No pueda detenerse. Diga: «¿Y a una galería de arte?». Escuche cómo él dice: «¿Y si vamos al recital en el parque, a la noche?». Piense: «Calor, mosquitos, horas fuera de casa». Responda: «Mañana tengo que trabajar». Arrepiéntase. Pregúntese qué fue de esa chica que usted era: alguien capaz de ir a un recital en cualquier momento, alguien que vivía en un departamento en el que había un solo plato, un solo tenedor, un solo juego de sábanas. Piense en la casa en la que viven ahora donde, hace una semana, encontró un juego de toallas sin estrenar compradas cinco años atrás. Diga «Bueno, podemos ir y volver temprano». Escuche cómo él dice, con sinceridad serena: «No. Está bien. Nos gusta pasear. Vamos al río». Mírese los dedos de los pies, encogidos como garras. Pregúntese: «¿Qué queda de mí?». Mire por la ventanilla. Siéntase ansiosa como un pájaro que choca contra un vidrio y busca una salida que no existe. Piense —con alivio y con pánico, con agradecimiento y terror— «Podemos seguir así veinte años más».

Instrucción 9

Debe pasar muchos días silenciosa, vuelta hacia dentro como un abrigo puesto del revés, sin entender qué le sucede. Cuando en su trabajo la feliciten por el proyecto que dirige diga «gracias», siéntase entusiasmada, conserve por un minuto la esperanza de estarlo. Después, perciba cómo el desánimo cae otra vez sobre usted como una manta húmeda. Un día dígase: «Antes era distinto». Sienta, inmediatamente, que nunca hubo antes. Que el presente es lo que siempre ha habido y lo que siempre habrá: una manada de días iguales, usted y él en un departamento hermoso, entre muebles hermosos, paseando los fines de semana en un auto hermoso. Cuando la asalten recuerdos dispersos —usted y él riendo en un bar, bailando—, aléjese de ellos como de cuchillos infectados. Piense: «En algún momento se va a dar cuenta, me va a preguntar qué me pasa». Día tras día, continúe muda. Su voz, un alambre torcido, apenas servirá para decirle: «¿Cómo te fue?». Una noche, durante la cena, intente una conversación. Apenas comience a hablar, comprenda que ni siquiera sabe qué decir. Sienta que usted misma se ha traído hasta aquí y se ha transformado en esto que es: alguien con una vida feliz perfectamente infeliz. Sienta que sus frases suenan como un berrido, la queja patética de una mujer ridícula. Él no dirá nada. Sólo alternará la vista entre el televisor y el plato. Dígale, temerosa: «¿Qué pensás?». Él va a mirarla como si lo estuviera importunando, y usted verá en sus ojos un desprecio agusanado y antiguo. Sienta ganas de correr. Más tarde, tome una pastilla para dormir. No duerma. En mitad de la noche, siéntese en la cama y escuche cómo él respira sereno. Cuando piense: «Lo aborrezco», no sienta culpa sino pánico. Como si hubiera pensado lo único que no podía pensar. Como si hubiera decapitado el último soplo de vida de un pájaro enfermo.

Instrucción 10

Están juntos desde hace quince años. Después de mucho tiempo, hacen algo que antes hacían a menudo: van a un recital en un parque. Sorpréndase cuando el olor de los baños químicos mezclándose con el de la comida de decenas de puestos ambulantes, que antes lo enardecía, ahora le produzca náuseas. Piense que ella, de todos modos, parece contenta, despreocupada. Coman algo. Deambulen. Cada tanto pregúntele «¿A qué hora empieza?», en el mismo tono en que le pregunta «¿Pagaste el seguro del auto?». Sepa que ella detectará en su voz la nota de fastidio. Note cómo se contrae al responder «Falta una hora», para después sumergirse en un silencio hosco. Sin embargo, cuando el recital está por comenzar, ella lo toma alegremente de la mano y tracciona hacia delante, buscando sitio entre la multitud. Usted había olvidado ese brío, esa firmeza. Sienta un rayo de admiración, que se esfuma rápido. Ella se vuelve y lo mira con una sonrisa plena. Sienta que ella no está feliz: que actúa desesperadamente como si lo estuviera. Cuando la banda sale al escenario, ella aúlla, salta. Siéntase incómodo, avergonzado, como si estuviera con una mujer desconocida, escandalosa. Pregúntese: «¿Ella era así antes?». Y después: «¿Antes de qué?». De pronto, en mitad de un tema, ella se cuelga de su cuello y lo besa seminalmente, como si quisiera matarlo. Responda al beso con los labios duros, refractarios. Sienta que ella es un anzuelo intentando capturar el recuerdo de un recuerdo muerto, un gran instrumento inútil haciendo esfuerzos por volver a sonar. Sienta que todo es deforme y falso, un cuento que ella se cuenta a sí misma porque nunca dejará de buscar en usted al héroe que jamás fue, o que fue antes, o que fingió ser cuando ella era alguien a quien usted codiciaba. Sienta una repulsión demente. No por ella, sino por lo que han hecho: por lo que se han hecho.

Instrucción 11

Temprano, recién levantada, mírese en el espejo del baño y sepa que ya no es una mujer de cuarenta con una casa bonita, unos hijos, un marido, la profesión que le gusta. Piense: «Me estoy convirtiendo en mi madre». Sienta las ondas expansivas de la insatisfacción, las esquirlas de la queja y la protesta, un alien que viene a buscarla desde otro tiempo con el peso lento del desánimo y la ansiedad. Vea, como si lo tuviera frente a usted, el puño cerrado de su madre dando toquecitos irritantes sobre el hule de la mesa después de reclamar —siempre después de reclamar— algo a su padre. Vea el gesto amargo y tísico de su boca, las comisuras frunciéndose con reprobación ante casi todo. Escuche, como si la tuviera frente a usted, las exclamaciones de resignación y los rezongos. Dígase que ahora esos rezongos son también los suyos. Siéntase colonizada por una vida ajena construida con ladrillos tumefactos, una vida que siempre despreció. Mírese las manos. Note que las venas están más visibles que antes, como le pasó a ella con el correr de los años. Piense «Qué fue de mí». Sienta que es un fruto en proceso de descomposición, que no queda de lo que usted era más que alguna pincelada escasa: un entusiasmo vago por ciertas cosas, muy desdibujado y cada tanto. Escuche que su marido, en el cuarto, despierta. Pregúntese qué ama él de usted, qué ve cuando la mira. Siéntase la pieza gastada en una maquinaria que todavía funciona. Sienta vergüenza por llevar, dentro de sí, todo lo que odia, un fantasma gris sin soplo de alegría. Piense en ese poema de Anne Carson: «Un barco frío / zarpa de algún lugar dentro de la esposa / y pone rumbo al horizonte plano y gris, / ni pájaro ni soplo a la vista». Piense «No voy a suspirar». Suspire, como lo hacía su madre. Lávese los dientes.

Instrucción 12

Durante las conversaciones, observe sus palabras como si fueran insectos cargados de enfermedades ocultas, insidiosas, que sólo merecen la aniquilación o el desprecio. Cuando discutan, no alcance niveles de intensidad encendida sino un tono replegado, lleno de resentimiento y hastío, donde cada tanto una válvula de escape expulse intempestivamente frases como «Otra vez con lo mismo», «Podrías haberlo dicho en su momento» o «No se te puede decir nada». Después, todo debe apagarse en un silencio abominable, un cocido de ira y de desánimo. Piense mucho en los incontables sentidos de la palabra «antes» en la frase «Antes no me decías esas cosas». Cada tanto, evoque cómo era tiempo atrás, cuando la fantasía de la felicidad se sumaba a la felicidad dura y robusta que usted exudaba. Toda aquella euforia a borbotones. Toda aquella dicha vigorosa. El río de los días en los que sólo había novedad y celebración. Recuerde el deseo monstruoso. Recuerde que se leían libros en voz alta. Recuerde que se contaban, sin cansarse, una y otra vez las mismas historias: «Cuando yo tenía diez años», «Cuando me fui de campamento con mis padres», «Cuando me caí de aquel árbol». Todo eso que ahora parece una cabellera arrojada al fuego de la que no quedan ni cenizas. Una noche, cuando estén durmiendo, despierte y sienta un ramalazo de ternura. Un brote de algo que parece estar hecho en partes iguales de raciocinio y sentimiento, que parece genuino, que no parece estar montado en la arquitectura de una emoción falsa, de una vehemencia pasajera. Un rapto. Dígase: «Tal vez». Como si se dispusiera a contemplar un milagro de resurrección, déjese llevar por el impulso. Estire el brazo bajo las sábanas, coloque la mano sobre su hombro. Intente sentir aquel *vibrato*, aquella elecrificación grosera, aquella gula pesada. No sienta nada.

Instrucción 13

En la cocina, a primera hora de la mañana, todavía adormecida, piense «Debo tomar la pastilla». Caliente café con el fuego de la hornalla demasiado alto, de forma que el café se queme. Al servirlo, derrame un poco sobre la mesada. No lo limpie. Trague la pastilla. Siéntase humillada por necesitar de esa ortopedia química. Cierre y abra los dedos con crispación, como si quisiera romper alguna cosa. Pase por delante del cuarto de sus hijos, que todavía duermen, y escuche las respiraciones calmas. Pregúntese por qué usted no puede sentirse liviana como ellos, como la carne de su carne. Regrese a la cocina. Contemple las tazas blancas, listas para ser utilizadas, y sienta que son la expresión de un desastre cotidiano, un tedioso desastre de ocho a veinte, de lunes a lunes, mes tras mes. Sienta terror de que todo se derrumbe. Sienta una necesidad intensa de que todo se derrumbe. Entienda qué es lo que le sucede —toda esa desazón lacerante, esa piedra de la locura— y deje de entenderlo un segundo después. Lave las cucharas que están en la pileta. Sienta un desánimo descomunal al pensar en todas las cucharas que ha lavado y en todas las que tendrá que lavar hasta el día en que se muera. Escuche que uno de sus hijos entra en la cocina y saluda: «Buenos días». Dele la espalda. No le conteste. Es importante que haga sentir su malestar desde temprano, que extienda el lienzo de su descontento desde la mañana, que su amargura tenga el espesor y la solidez de las paredes de su casa. Piense que cuando su marido se despierte y entre en la cocina se sentirá aliviada por esa presencia tan simple y bien hecha como una mesa de madera. Pero cuando él se despierte, entre en la cocina y diga «Buenos días», no sienta alivio. Piense, como Sylvia Plath, «Soy el centro de una atrocidad». Pregunte: «¿Quién quiere tostadas?».

Instrucción 14

Hace seis años que usted está con él y tienen una vida plácida. Trabajan mucho, tienen un perro, aprendieron meditación en un templo budista. Saben de vinos, de aceites de oliva. Tomaron una hipoteca —muy conveniente— y así han logrado mudarse a un departamento en el que cada uno tiene su estudio. Cocinan juntos por la noche. Se duermen abrazados. Usted nunca creyó que la felicidad fuera eso —esa ternura— pero lo es. O lo fue hasta ahora. Empieza en una cena con amigos. Alguien a quien usted conoce desde hace tiempo la mira como si no la hubiera visto nunca, por sobre las conversaciones y los restos del postre, y usted siente ese antiguo tironeo, esa grosería, algo parecido a un superpoder. Después de la cena, y antes de dormir, planifique todo con frialdad, como lo hacía antes, cuando tenía aquella vida de la que estaba harta y que ha empezado a añorar con un latido que comienza a desquiciarla. Al día siguiente, llámelo por teléfono —es un amigo común, no va a asombrarse— y arregle una cita. Ambos saben de qué están hablando, aunque no digan nada. Al colgar, sepa todo lo que va a suceder. Piense en el festín del cuerpo ajeno. En el cuerpo propio, por primera vez en años frente a ojos distintos. El día de la cita llega y sucede todo lo que usted quería que sucediera. Regrese a su casa eufórica. Ríase, siéntase ungida por un optimismo exultante. Desde entonces, como si hubiera roto una compuerta, no pueda detenerse. Tiene que durar siempre muy poco: un par de semanas, un mes. En ocasiones empezará a parecerse al amor y entonces usted lo arrancará de raíz. Cada vez que regrese a su departamento, a la cena juntos, al sofá y el perro, sepa que siempre va a volver a él. No se haga preguntas. Sienta que tiene derecho a todo lo que pueda tomar. Recuerde este verso de Fabián Casas: «Parece una ley: todo lo que se pudre forma una familia».

Instrucción 15

Deje la taza de café sobre la mesa de la sala. Es domingo, son las dos de la tarde. Recuerde que los domingos a las dos de la tarde solían hacer otras cosas: despertar con resaca, leer en la cama, tocarse. Ahora están hablando desde hace dos horas y él ha dicho frases como «Tenemos que tener un proyecto juntos», y después de cada una de esas frases usted ha sentido náuseas, la sensación de estar gritando dentro de un balde. Piense: «Habla como un libro de autoayuda». Piense: «Callate: estás arruinando todo». Pregúntese dónde está el hombre con el cual tener sexo era, cada vez, como descubrir el fuego. El hombre con el que no hacía falta «tener un plan» porque él era el plan, y que ahora dice palabras como «pareja», «reavivar». Sienta que, con cada una de esas palabras, él arroja piedras sobre una superficie de cristal. Vea cómo parece satisfecho, sonríe melifluamente, estira la mano, quiere tocar la suya. Retráigase con un gesto que parezca casual, pero no permita que la toque. Piense en todas las amigas y amigos que le han contado sus propias «charlas de pareja», sus propias «crisis», y en todas las veces que usted les ha dicho «No te preocupes, seguro que se va a solucionar», mientras pensaba: «Ya terminó, sólo que todavía no lo sabe». Pregúntese: «Dónde está el hombre que era mi héroe». Siéntase salvaje y maléfica. Siéntase mejor que él. Piense que esa conversación los ha empujado hasta la última estría que separaba la tierra del abismo. Mire cómo él tiene el rostro lleno de súplica. Siéntase traicionada. Sienta desprecio y deseos de hacerle daño. De olvidarlo en ese mismo momento. Escuche cómo él dice: «Estamos juntos en esto, ¿no, amor?». Sienta que dentro de sí acaba de comenzar una cuenta regresiva. Piense que llevará esa agonía con perfidia y dignidad. Diga: «Sí, amor, claro».

Instrucción 16

Él está en pareja, usted también. Se ven desde hace algunos meses. Es la clase de hombre que le gusta, un *homme blessé*, un animal que se lame cicatrices: huérfano de niño, muerta su primera mujer, lleno de enormes frustraciones, triste. Harto de su matrimonio pero blindado a cualquier afecto. Para usted, estar con él es como comer chocolates a puñados. Siente una atracción corrupta, adictiva. Compre ropa interior nueva, sólo para él, y note que eso, más que excitarlo, lo emociona. Un día, mientras esté mirando la televisión con su pareja, piense en él y pregúntese cómo sería vivir juntos. Fantasee largo rato con eso. Sienta una emoción profunda e, inmediatamente después, reconozca en usted la voz realista y desengañada que le dice que es una fantasía estrafalaria, ridícula, infantil. Pero, cada vez que se encuentren, lleve la conversación, con metáforas y rodeos, hacia la idea de «cómo sería si». Sienta que de a poco, con movimientos de remero hábil, logra que él comience a pensar seriamente en eso. Él ha empezado a reírse mucho —y le dice que no se reía desde hacía tiempo, y usted siente un regocijo inflamado—, y ha vuelto a escribir —y le dice que no escribía desde hacía tiempo, y usted siente un orgullo insectívoro, perverso. Cada tanto mírelo largamente, con miradas cargadas de martirio, sin decirle nada. Después, acurrúquese en su abrazo como si dijera «Dios, cómo estamos sufriendo por esto». Sepa qué ha ido a buscar, espérelo como a un gran pez salido de las profundidades. Un día —están en el hotel, ya vestidos, por irse—, él se sienta a su lado, la mira, le aparta el pelo de la cara y le dice, por primera vez, «Te amo». Sienta que un anzuelo tira desde el exacto lugar donde tiene el corazón. Sonría, cierre los ojos. Sepa que no hay nada más allá de eso que acaba de obtener. En breve empezará el hastío.

Instrucción 17

Al final, habrá un largo rastro de descuidos como animales aplastados. Empieza por la comida. Un día, cuando él regrese tarde del trabajo, váyase a dormir sin dejarle la cena lista, una alteración en el hábito de todos esos años durante los cuales, siempre que él llegó tarde, usted dejó comida hecha. Esa madrugada, cuando él se meta en la cama, despiértese y recuerde cómo, hasta hace poco, cuando eso sucedía usted lo abrazaba como si tuviera hambre o sed. Ahora dígale: «Ponete de costado, así no roncás». En la mañana, durante el desayuno, pregúntele —intentando que en su voz se note una molestia inexplicable— qué cenó. Escuche cómo él responde sin encono, genuinamente distraído: «Piqué algo en el trabajo. No tenía hambre». Sienta furia y cansancio. Prepare café sólo para usted y no le ofrezca. Una semana más tarde, olvide el día de su cumpleaños. Recuérdelo a último momento y dígase, irritada, «Tengo que comprarle algo». Interrumpa lo que está haciendo. Vaya al mall. Sienta, mientras compra, que está perdiendo el tiempo. Recuerde la felicidad iridiscente que le producía, años atrás, planificar el regalo, escribir la tarjeta. Elija cualquier cosa, fastidiada. Al pagar, sienta que está desperdiciando su dinero. Ya en su casa escriba, en un papel usado, «¡Feliz cumpleaños!». Deje el regalo sobre la mesa, de cualquier manera. Piense «Cuando llegue lo va a ver, no va a ser una sorpresa». Piense: «Qué importa». Un día, perciba que él ya no tiene champú, ni crema de afeitar, ni queso del que le gusta. Cuando vaya al supermercado, no compre nada de todo eso. Piense «Que se compre él». Una tarde él dirá: «Me duele el cuello». No se disponga, como siempre, a hacerle un masaje. Dígale: «¿Tomaste ibuprofeno?». Caiga en la cuenta de que hace meses que él no la llama —«¡Amor, llegué!»— al entrar en la casa. Piense: «Mejor». Pregúntese cuánto falta.

Instrucción 18

Despierte. Después de tantos días grises, de la angustia retorciéndose sobre el piso como un murciélago mutilado, sienta crecer dentro de usted un rizoma de alegría, como si una cueva de paredes cenicientas dejara al descubierto un resplandeciente tejido de hilos de seda. La casa está sola. Dígase que trabajará en la mañana y, después, cocinará algo sorprendente. Trabaje, haga compras, cocine sin hacerse preguntas. Sienta que toda la bruma se ha disuelto. Avance hacia el final del día sorprendida por lo fácil que resulta dejar atrás la anestesia soterrada. Ponga la mesa. Contemple todo como si acabara de declarar la paz. Entonces, sienta el primer punto de alarma. Piense: «No puede ser tan fácil». Dígase que ponerse un vestido le ayudará a revivir el entusiasmo agonizante. Póngaselo. Mientras se contempla en el espejo sienta una punzada de desánimo, como si hubiera quitado la primera de las cartas que sostiene un edificio de naipes. Escuche el ruido de la puerta. Camine hacia allí. Vea cómo él entra en la casa con la expresión de siempre. Dígale «Hola, amor, hice osobuco al vino tinto». Escuche cómo él dice: «Qué rico». Sirva los platos, siéntese a la mesa. Cuando él la mira, no dice «Hace mucho que no te ponés ese vestido», ni «Qué linda estás», sino «¿Y ese vestido?», con una entonación que suena a «¿Qué te pusiste?» y que la hace sentir humillada y ridícula. Diga: «Hace mucho que no me lo pongo. ¿Te gusta?». Él dice: «Sí. Pero te vas a manchar». Sienta una irritación palpitante, desbordada. Diga: «Tenés razón. Me voy a cambiar. Vos andá comiendo». Escuche cómo él dice: «Bueno». Al día siguiente, al despedirse cuando parte hacia el trabajo, él le da un beso en la mejilla. Vea cómo, de inmediato, se enmienda y trata de besarla en la boca. Esquívelo con una sonrisa tímida. Entienda que ya no queda nada. Sólo un odio que no es culpa de nadie.

Corajes

Saqué un cigarrillo recién bajada del avión, en la puerta del hotel, y él corrió a darme fuego. Me preguntó de dónde era. Cuando respondí me dijo: «¿Has leído a Borges?». Yo sonreí con sorna: era tan obvio. El tiempo transcurrió rápido en ese país del que no vi nada porque, después de eso, sólo pude verlo a él. Cuando regresé a casa, semanas más tarde, no desarmé mi maleta. Durante mucho tiempo contemplé ese amasijo de ropa como quien contempla los cimientos de algo imposible. No vivíamos en la misma ciudad ni en el mismo continente. Pero eran los años ochenta, éramos jóvenes, creíamos que nada tenía consecuencias. Empezamos a encontrarnos aquí y allá, hasta saber qué hacer. Una vez nos quedamos sin dinero y, de todos modos, fuimos a cenar al restaurante más caro de una ciudad elegante. Al terminar pidió la cuenta, la estudió y le dijo al mesero que trajera al chef, un gigante a quien, con su francés de joyería, le explicó lo que pasaba y le ofreció, en prenda de confianza, su pasaporte hasta que regresáramos a pagar. El chef dijo que no hacía falta, se sentó, hablamos durante horas y nos llevó hasta el hotel en camioneta.

Viajamos allí, entre cajones de vino, riéndonos en cuatro idiomas, felices por las cinco vidas que no íbamos a vivir. Él era un dandi y un pirata, y ya para entonces casi millonario, pero le gustaba hacer esas cosas: cosas de estudiante. Quería una familia, nietos, paz, la casa grande. ¿Yo? Yo sólo quería escribir. Y aún no había comenzado. Un día me llamó, propuso que nos encontráramos. Yo estaba en casa de mis padres. Tardé en responder. Me preguntó, muy suave: «¿Entonces ya no hacemos esas cosas?», y yo respondí: «No». «Y así —dice T. S. Eliot— se acaba el mundo. No con un estallido sino con un sollozo.» Hay cobardías que requieren de coraje.

La fe

«¡Es por arriba, máquina: saltá!», dijo él, y yo le hice caso. Ya hacía tiempo que estábamos juntos pero nos decíamos así, «máquina», «bestia», apodos que no usaban las parejas sino los amigos. El domingo de la semana pasada, ordenando placares, vi mis zapatillas rojas, viejas, y recordé esa noche, cuando él me dijo «¡Es por arriba, máquina: saltá!», y yo le hice caso porque vi en sus ojos todo lo que necesitaba para hacerlo. Estábamos en un recital de Pearl Jam una noche de noviembre de 2005. Nos habíamos acercado demasiado al escenario cuando estalló uno de esos hitazos que transforman a la multitud en toneladas de carne fuera de control. Cada tanto un cuerpo laxo, quizás inconsciente, navegaba sobre las cabeza de los demás y aterrizaba al otro lado de las vallas, atajado por voluntarios de la Cruz Roja. En un momento, no sé cómo, resbalé y me caí. No vi la hora de mi muerte pero sí la de mi aplastamiento. Él me levantó como pudo y gritó «¡Hay que salir! ¡Es por arriba, máquina: saltá!». Armó un estribo con las manos y yo, sin pensarlo, pisé, salté y caí sobre la multitud. De espaldas. Recuerdo el tacto sudoroso como si resbalara sobre una bestia viscosa, la potencia de la multitud vuelta una ola furibunda debajo de mí. Fue un segundo, y después me recibieron los voluntarios al otro lado de las vallas. Dije «Estoy bien», y detrás de mí llegó él, volando sobre las cabezas, con una zapatilla en la mano: una de mis zapatillas rojas. «¿Todo bien?», preguntó. Le dije «Sí». Me puse la zapatilla y corrimos de regreso al recital. Más tarde, cuando caminábamos para encontrar un ómnibus vacío, me preguntó «¿Te dio miedo?». Le dije «No», y era verdad. No había por qué pero, además, había saltado de espaldas a la multitud caníbal porque vi en sus ojos todo lo que necesitaba para hacerlo: su fe en mí. Es la única fe que necesito. Una fe que todavía me acompaña.

Peligro

La felicidad es un peligro vivo. Era 1995. Yo conocía bien Brasil, de modo que cuando llegamos a Salvador de Bahía para pasar la fiesta de Nuestro Señor de Bonfim sabía que podía ponerse intenso. La fiesta se hacía en la ciudad baja, conectada a la ciudad alta, donde nos hospedamos, por el gigantesco elevador Lacerda. Bajamos al atardecer, cuando la multitud estaba a punto caramelo: toneladas de carne enceguecida, euforia química y alcohol, en medio de una melaza musical impenetrable. Cada tanto un cardumen de tipos atracaba a los policías que quedaban y les robaban las armas y las esposas. Pero a nosotros no nos gustaba la policía y nos sentíamos inevitables y jubilosos como caballos jóvenes. Bailamos, bebimos. Horas después algo, desde el fondo del ADN, nos aulló que había que irse: los decibeles de hostilidad tocaban su punto máximo. Al llegar al elevador Lacerda vimos la turba: centenares de personas peleando por entrar. Cada vez que las puertas se abrían, la gente se abalanzaba con una desesperación incomprensible hasta que entendí que el elevador iba a cerrar y que no había otra forma segura de salir de allí. Empujamos, llegamos

hasta el cordón policial que molía a palos a los desafo-
rados por alcanzar las puertas. No hubo actos heroicos:
al quinto golpe dijimos alguna frase muy patética y un
policía nos franqueó el paso. Corrimos por un pasillo
sórdido, lleno de un ruido que salía de la matriz del
infierno: un ulular de brujas. Nos arrojamos dentro
del ascensor y nos quedamos mudos, apretados. Y allí,
con la uña del miedo clavada en la garganta, miré ese
surco que se le hacía junto a la boca cada vez que encen-
día un cigarrillo, su ceño hermosamente preocupado, y
me sentí potente, peligrosa, un poco trágica, bestial.
Hubiera podido romperle el cuello a un puma; decir,
parafraseando a Herzog, «Ábranme paso que puedo
volar».

Perderse

Vivíamos todos en el mismo cuarto de cemento sin revoque y una ventana estrecha que daba a la playa. Éramos tres, a veces cinco, a veces dos. Yo era la única mujer. Los varones se bañaban en el mar; yo, en esa habitación bajo un chorro de agua helada que salía de un caño. La primera noche no habíamos encontrado dónde quedarnos, así que dormimos sobre esteras, bajo un tinglado de paja. Al despertar estábamos rodeados de cangrejos y moscas del tamaño de dátiles. Después conseguimos esa posada. Era una isla. Pasamos muchos días allí. Él se ponía cada vez más rubio, más hermoso, más delgado. Yo salía a correr. Una vez me siguió un tipo por el manglar. Aceleré el trote y llegué agitada a la playa donde nos quedábamos. Cuando me di vuelta, no me seguía nadie. Él estaba ahí. Al verme, preguntó alarmado: «¿Qué pasa?». «Nada», contesté, engreída. Aterrada. Nos sacábamos con alfileres unas larvas que se nos metían bajo la piel y nos provocaban infecciones dolorosas. A veces, los varones pescaban cantidades de peces inmundos que comíamos fritos. Nos levantábamos al amanecer para tomarle fotos a un barco varado, a unos

niños. Yo había llevado tres camisetas, un bolso viejo.
No teníamos tarjetas de crédito ni seguro de viaje. Casi
no comíamos. Sólo estábamos ahí, como si fuéramos la
marea, o un árbol. Ahora, años después, leo este poema
de Ana Blandiana (*El sol del más allá* y *El reflujo de los
sentidos*): «Se cumplen todos mis sueños: / Soy adulta. /
[...] Me ahogo en la realidad: / Mis pasos ya no son
anónimos, / ya no saben andar sobre el mar; / Aunque
luchen / Mis brazos ya no saben volar, / Ya no me reconozco. Me he olvidado. / Me gustaría volver. Pero ¿hacia
quién? / Todo me duele. / ¡Siento una ansia terrible / De
mí misma!». Cuando duela —porque dolerá— yo sé
hacia quién volver. A la que soy allí. En esa isla.

Dioses y hombres

Ayer recordé cómo era el mundo cuando el mundo era otro. No fue hace mucho: ni siquiera dos décadas. Casi ningún extranjero llegaba hasta ese poblado musulmán escondido en un extremo de Samui, una isla de Tailandia. Los locales, en su mayoría budistas, hablaban de esa aldea con resquemor. Decían que era sucia y peligrosa, que no había nada para ver. El sur del país se estaba radicalizando y sonaban advertencias paranoicas. Nosotros fuimos muchas veces. El muelle era un esqueleto malnutrido adentrándose en el mar. Los botes se hamacaban endebles, amarrados a los postes con sogas gastadas. Había olor a pescado y a cloaca. La playa estaba repleta de hombres recogiendo redes, mujeres vestidas, chicos desnudos. Llegábamos en la tarde, poco antes del rezo, para escuchar el llamado del muecín lleno de melancolía, devoción y dulzura. Yo, atea iluminada, hubiera querido morirme porque no se podía aguantar tanta belleza. Después, caminábamos hacia la mezquita y veíamos a los hombres mansos dejar los zapatos en las escaleras con un gesto fluido, como si se sacudieran arena. Nos hicimos cercanos a Kasem, un pescador rufián que terminó preso, y a Daeng, madre de cuatro hijos, algunos budistas y otros musulmanes, dependiendo del padre, que un día me preguntó cómo era el frío: ella sólo conocía el calor. Por entonces usabas una cruz cristiana de madera colgada del cuello que, creo, alguien te había regalado en Brasil. No se nos ocurrió que eso pudiera ser agresivo o peligroso. Y no lo era. Los habitantes de la aldea veían tu cruz y sonreían y decían «*christian, christian!*», y eso era todo. Como quien dice «todos creemos en algo». Volvíamos de noche en moto a nuestra cabaña, lejos de ahí, sintiendo que dejábamos atrás algo entrañable y misterioso, pero algo a lo que siempre podríamos regresar. Quiero pensar que todavía podríamos, podemos.

Postal ciega

¿Cuándo fue? ¿Sobre qué cima de qué montaña de los Andes? ¿Mientras la voz de qué auxiliar de vuelo decía qué cosa? ¿En cuál de todas las noches que pasé en Santiago? ¿Resguardada en la soledad frígida de qué hotel, con el torrente turbio de la televisión ante los ojos? ¿Mientras cenaba con qué amigo? ¿O cuando intenté esa llamada telefónica? ¿Desde el locutorio que estaba frente al supermercado? ¿Cuando eran las cinco de la tarde y no atendías? ¿Quién era yo cuando me vi en aquel verano antiguo? ¿Mis alpargatas de yute, la pulsera de bronce en el tobillo? No me acordaba de aquella tarde, crucificada boca arriba, el traje de baño mojado, las baldosas frías, la habitación lóbrega, las risas de los primos en el parque, el pérfido júbilo que sentí por dentro. No me acordaba del gato ni de la paloma muerta ni del olor a pólvora ni del primo gritando, en el corazón momificado de la torre, «¡No, no, no!». No me acordaba de que al vecino —con el que me detenía a hablar de regreso de mis clases de guitarra— le habían cortado las piernas. No me acordaba del beso del guitarrista joven en el auto, ni de mi risa maligna, ni de mi infinita capacidad para hacer daño. No me acordaba de aquella caminata al amanecer hasta el Obelisco ni de que, cuando llegamos, dijiste «Me enamoré» (ni de mi risa maligna, ni de mi infinita capacidad para hacer daño). No me acordaba de mi pequeño hermano tragado por el agua, ni de mi salto, ni del cuerpo que se elevó dócil conmigo hacia la superficie, ni de que me reí y le dije «¡Qué sorpresa!» mientras quería gritar. No me acordaba. De que me pintaba las uñas a menudo. De que no usaba soutien. De que leía a Jean Cocteau. De la pizza con café con leche que comíamos de madrugada. De la gula. No me acordaba de mi pequeño hermano corriendo hacia mí en el aeropuerto cuando volví de La Habana. No me acordaba de La Habana. No me acordaba. No me acuerdo.

Mentirosa

El otro día, en una cena, alguien sacó un tema apolilla-
do que siempre me da ganas de salir corriendo o de
quedarme muda: la forma en la que hombres y mujeres
se relacionan entre sí. Ellos supuestamente buscando
sólo un revolcón; ellas supuestamente buscando amor
total. Elegí quedarme muda y recordé. Era una playa de
Alagoas, Brasil. Habíamos llegado temprano para estar
cerca del escenario. Empezaban los noventa y yo nunca
había escuchado a Hermeto Pascoal, pero por esos días
cualquier plan me hubiera venido bien. Escuchar canto
gregoriano, vivir en una carpa, trepar un volcán. Ya
saben cómo es, y ni siquiera es amor: es una suerte de
enajenación, una avidez animal, bruta. Estábamos con
amigos suyos —él era local, yo no tenía amigos en el
área— y pasamos horas conversando, esperando que
empezara el recital. En algún momento, empezó. Hermeto es un músico sofisticado, talentoso. Aquel día apareció en el escenario con una tetera y un palito. Segura-
mente había más cosas: yo sólo recuerdo la tetera y el
palito porque fueron los instrumentos de mi flagelación.
Siguieron dos horas de una música hecha de retazos,

ruidos digestivos, gorgoteos. A mi alrededor, todos pare-
cían embelesados. Yo escuchaba esa música —el sonido
de la indiferencia o la locura— sintiendo la agonía del
aburrimiento, y tuve un despertar súbito bajo la forma
de pregunta ardiente: «¿Qué estoy haciendo acá?».
Entonces él —ya saben, ni siquiera es amor— me preguntó, sonriendo: «¿Te gusta?». No estábamos ahí cons-
truyendo el futuro. Yo sólo quería pasar unos cuantos
días más bajando al mar de noche, comprándole ostras
al viejo de la playa, nadando en la encantadora superficie de la vida. Así que lo miré, sonreí y, con mis mejores
colmillos, le dije: «Me encanta».

Caídos

Esto pasó hace tiempo. Miro a Diego, el hombre con quien vivo desde hace años, atravesar el césped del cementerio cargando a N. sobre las espaldas. A N. le duele la pierna, no puede caminar, de modo que Diego lo carga. Delante de él, detrás, alrededor, van los demás, vamos todos. Hace años, cuando yo era una chica desabrigada y sin dinero, alguien que no podía tomar taxis ni comprar champús caros, cuando andaba como un fantasma urgente por la ciudad, bailé y me emborraché con esta gente, bebí en sótanos húmedos, me congelé en medio del campo en fiestas casi medievales, anduve por playas desiertas, tuve frío y hambre y sed. Pero Diego, el hombre con quien vivo, los conoce desde hace más de treinta años. Son su gente. Su guardia pretoriana. Han navegado y volado y trepado montañas, y se han salvado la vida, no pocas veces, los unos a los otros de manera literal. Ahora, el padre de dos de ellos acaba de morir y todos vinimos en la burbuja triste de nuestros autos hasta un sitio lejano, un cementerio judío de la provincia donde se lleva a cabo la ceremonia llena de ritos bellos y rudos. Hace unos minutos, el rabino rasgó la camisa de los hijos del hombre fallecido, siguiendo la tradición, y la tela se rompió como si se rompiera la mañana. Por una grieta del cielo pesado de nubes como montañas se coló la pena del mundo. Cuando la ceremonia y su coreografía del dolor terminan, todos se retiran y, en torno a la tumba, sólo quedan ellos: los hijos del hombre y sus amigos. Las mujeres nos mantenemos alejadas, cuidándoles la espalda, porque haciendo corro, en torno a la tumba, nuestros chicos fuman en honor del caído y arrojan flores en la tierra recién cavada. Siempre es difícil ser feliz. Ese día me bastó con saber que, cuando caemos, no estamos solos.

La otra

Me di cuenta de que Diego, el hombre con el que vivo desde hace veintiún años, estaba enamorado de esa mujer cuando me dijo esta frase, tan rara: «Qué mujer deliciosa. ¿Viste qué costillas?». Me pareció lógico: yo también estaba enamorada de Ute Lemper, la alemana que durante dos horas había cantado en la sala sinfónica del Centro Cultural Kirchner, en Buenos Aires, un sábado de diciembre de este año. Y estaba enamorada desde el taco lesivo de sus zapatos hasta sus pómulos de arroz. Enamorada de los músculos largos de sus brazos cremosos, de sus clavículas de mármol, de sus costillas altivas como el techo de una catedral gótica. Usaba un vestido negro soldado al cuerpo que hacía que la piel blanca relumbrara como una gasa iluminada desde adentro. Por un gran tajo asomaba, cada tanto, la hecatombe de sus piernas. Parecía una lágrima pulida. Era una mujer untuosa que podía moverse con la fragilidad de una garza o la brutalidad de un buey; ser una muchacha inocente o una dama de burdel que lo había visto todo. El niágara de su voz era un órgano más del cuerpo, como si dijéramos el corazón o el cerebro, una voz lúci-

da, bárbara, imposible. Esa noche cantó, con la vulga-
ridad de un corsario borracho, la jovialidad de una adolescente enamorada y la delicadeza de la nieve, canciones
de Piazzolla, Kurt Weill, Bertolt Brecht, Edith Piaf, Jac-
ques Brel, rufiana y alcohólica en *Surabaya Johnny,* acu-
nada y tristísima en *Lili Marlene,* frenéticamente viril en
In the port of Amsterdam, atormentada en *Ne me quit-
te pas.* Más tarde, Diego y yo fuimos a una fiesta en una
azotea. En un momento, mientras todos hablaban y
reían, me quedé mirando el cielo. Diego se acercó y me
dijo «¿Qué mirás?». Le dije «Las estrellas», pero mentí.
Estaba, con el fervor de los ateos, dando gracias por Ute
Lemper. Después me emborraché a conciencia por haberla perdido.

Sentido

Sucede, sobre todo en los viajes, sobre todo a miles de kilómetros de casa. A veces es la forma en que una rama, al otro lado de la ventana de un cuarto de hotel, se mueve tristemente con el viento. O la rugosidad desagradable de una frazada vieja. O la música que llega desde una casa en una calle a la que nunca vamos a volver. O la manera en que a las siete de la tarde, en una ciudad desconocida, todo el mundo parece saber dónde va, menos uno. O un museo repleto de gente interesada en cosas en las que uno no logra interesarse aunque sabe que, en otra circunstancia, resultarían interesantes. A veces es el sonido lejano de un televisor, de una riña, de una risa. A veces es una habitación demasiado grande que se vacía en bostezos de soledad bulímica hacia una playa arrasada por la lluvia. A veces es la lluvia. A veces es una temperatura perfecta, o un segundo de más mirándose en el espejo del ascensor, o la oscuridad alienígena de un set de televisión —en el que todos hablan español con acento extranjero— sumido en un silencio mustio que se pega a los micrófonos como un guante mortuorio. A veces es una voz querida, pixelada por las

graníticas redes del Skype. A veces es todo eso. A veces
no es nada de todo eso. Pero sucede. Sobre todo en los
viajes, sobre todo a miles de kilómetros de casa: esa
canción de hielo y fuego que nos llena de piedras la
garganta y nos dice que, con estar vivos, no alcanza.
Después, claro, pasa, y uno recuerda aquella frase de D.
H. Lawrence — «Tenemos que vivir, no importa cuántos
cielos hayan caído» —, y llega el benéfico olvido sin el
cual no se puede dar un solo paso, ni respirar, ni mirar
a alguien a los ojos sin ignorar su calavera. Por suerte o
por desgracia. No se sabe.

Nardos

Los nardos de mi balcón siempre florecían cuando yo no estaba en casa. Pero este año estuve ahí. Los vi abrirse, un *broderie* lento, esponjoso, y cuando los corté y los puse en agua la casa se llenó de un relente fresco que me hacía sentir descalza (aunque no estuviera). Eso duró tres días. Después, como siempre, me fui. Estuve en el norte, en un país de escarcha. Escuché a escritores leer en danés, en noruego, en alemán. Escuché a un hombre tocar (muy mal) la gaita en una esquina. Estuve en una misa cantada en la que el coro usaba atuendos de un azul tan definitivo que parecía una opinión. Vi, con diferencia de una hora, a un hombre caerse en la calle y quebrarse una pierna, y a un ciclista estrellarse contra la puerta de un automóvil que el conductor abrió sin mirar, y tomé ambos accidentes como una señal de que debía volver a mi hotel de inmediato, pero no lo hice. Vi un atardecer apretarse como un coágulo sobre una ciudad antigua y seca en la que siempre soy feliz, y no fui feliz. Una mañana confundí un sueño con un recuerdo y lo conté como si realmente hubiera sucedido. En una ciudad húmeda y caliente le conté a un amigo un secreto blindado, y aún no me arrepentí de haberlo hecho. Tormentas diversas me dejaron varada ocho horas en un aeropuerto, diez en otro, y combatí el aburrimiento de la espera mirando Netflix y pensando —esto es muy íntimo— en el significado de la palabra «ocurre». Compré papayas en un país donde no se consiguen papayas. Viví rápido. Las semanas corrieron como una hemorragia desalmada. Cada noche, cuando llegaba a mi hotel, pensaba en los nardos muriendo lejos de mí. «No salgan de sus cuartos, no cometan errores / [...] / Silla y cuatro paredes: ¿qué mayor desafío? / ¿Para qué ir a un lugar, y regresar cansado, / idéntico, de noche, pero más mutilado? [...]», escribía el señor Joseph Brodsky.

Descuartizada

Cali, Colombia. Hace calor, y nunca estuve aquí antes. Salgo a caminar por el barrio de Granada. Hay cuestas, veredas ariscas con pozos y escalones, tiendas, restaurantes, casas que venden unas orquídeas que son como sexos de otro mundo. Doblando una cuesta veo una antigua camioneta Volkswagen decorada con cuernos de macho cabrío y alfombras peludas que irradia un aire de elegancia inexplicable y parece la carroza de un príncipe del heavy metal. Pertenece a una tienda que vende parafernalia brava bajo la forma de pulseras, anillos, colgantes, cascos. Entro. En las estanterías veo objetos como flechas recién arrancadas de un pecho sangrante; pulseras con cuentas como embriones brotados de úteros transparentes. El hombre que atiende me dice «De aquí para allá es de hombre; de aquí para allá, de mujer». Pero a mí todo me parece intercambiable y sexual de una manera delicada. Por las vitrinas se extiende una filigrana palpitante de plata, piedra, madera, objetos tan gráciles que, de un momento a otro, podrían ponerse a cantar. Quiero quedarme, pero me voy. En la calle hay chicharras, pájaros. Las copas de los árboles se mueven lentas como la cola de un pez bajo el agua. Camino de regreso al hotel. Subo al segundo piso, que aquí llaman cuarto. La tarjeta hace un chasquido grasoso cuando la introduzco en el dispositivo de la puerta de la habitación 414. Abro. Son apenas las cinco de la tarde y todavía hay sol, pero la camarera ha corrido las cortinas y el cuarto está oscuro. Hay una lámpara encendida y, sobre la cama, un chocolate con una tarjeta: «Queremos consentirla». No hay momento más aterrador en una ciudad desconocida: el rastro de la amabilidad ajena todavía flotando entre las paredes solitarias, yo sintiendo que el cuarto se llena de mi sangre y que algo se ríe de mí como si quisiera comerme.

Florencia

Ya no digo en público cosas como que, hace añares, me aburrí al leer *La montaña mágica,* de Thomas Mann, porque la gente me mira raro: con furia, asco, conmiseración. Lo mismo me pasa ahora, cuando digo que conocí la ciudad de Florencia y que no me gustó. Allí donde se cantan las loas de un lugar bellísimo yo vi una ciudad momificada, embalsamada en un tiempo que no es pasado ni es presente ni es futuro: un tiempo falso, como si toda ella hubiera sido sumergida en un balde de bótox para salir transformada en parodia de piedra. Despellejada de toda épica, desinfectada de amoralidad, frígida, navega oronda sobre sus ancas, como si bastara tener la galería de los Uffizi o el campanile de Giotto para estar a la altura del espíritu volcánico de tipos como Dante o Miguel Ángel. Y sin embargo. Fui en abril. Apenas llegué salí a caminar. Me topé con hordas que, como hidras maléficas, se multiplicaban y comían y chillaban. Era como estar en el estreno de una película de superhéroes: todo plástico, todo ruidoso, todo flúo. Vi una iglesia y entré. Había dos personas, un olor macizo a incienso. Desde el rosetón, un rayo de sol se estampaba sobre el

Cristo, crudo y doliente en el altar. Estaba por irme cuando aparecieron tres monjas y un cura con mitra. Empezaron a cantar. Soy atea, además de ignorante, así que no sé qué era eso: si misa, si bendición. Era, en todo caso, un canto solemne y tristísimo, fino como un colmillo de marfil, lleno de entrega. Era el canto secreto de la fe, el goce exquisito de los que mueren porque no mueren, de los que ya no aguantan. No sé cuánto duró. Sé que, cuando salí a la calle, sentí como si me estuvieran despertando a golpes en el andén de una estación de trenes: hectáreas de carne humana, palos de selfie, histeria. Sentí un vértigo plegado, oscuro, y caminé por calles atestadas como si, de pronto, me hubiera quedado huérfana.

La bruja

Estoy en un hotel de Santiago, Chile. Los días son más largos que los de otros inviernos: como no han cambiado el horario, el sol se pone tarde en este año en que el país parece dispuesto a discutirlo todo: la legalización de la marihuana y el aborto, la posibilidad de que los homosexuales adopten. Escucho en los noticieros argumentos a favor y en contra y de pronto tengo la sensación de haber escuchado todo esto antes, en otras partes, y me siento harta, desolada. Como si me faltara algo y no supiera qué. Y hago una estupidez que nunca he hecho antes. Salgo del hotel, camino hasta una galería que está a la vuelta y busco el local sórdido que vi ayer y en el que un cartel anunciaba TAROT. Cuando lo veo, entro sin pensar, como quien se somete a un experimento. Detrás del mostrador hay una mujer vieja. Saludo, consulto, me dice un precio. Acepto (no tengo parámetros, no sé si es caro, no sé cuánto dura) y me hace pasar detrás de un biombo. Me pide que le pague antes (como se paga por sexo: antes). Saca un mazo de cartas. Me pregunta si quiero saber algo sobre el amor. No. ¿Sobre el trabajo? No. Me mira como si ella fuera un pájaro y yo un insecto y entonces, arrebatada por una euforia culposa, le digo la verdad (sabiendo que sonará a mentira): que a veces, no siempre pero a veces, me quedo mirando una pared o, como ahora, un televisor, y siento que una cáscara de desesperación helada me cubre por dentro y que a lo mejor ella puede decirme por qué me pasa: de dónde viene eso. La mujer me mira y, siete grados por encima del desprecio, me dice: «Usté me está güeviando». Louise Glück escribió: «A veces un hombre o una mujer imponen su desesperación / a otra persona, a eso lo llaman / alternativamente desnudar el corazón, o desnudar el alma». A veces, me digo, eso no se logra ni pagando.

Acá

Eran las siete de la tarde, sábado. El hombre con quien vivo regresó de hacer compras. Yo me había quedado en casa, leyendo un libro de Louise Glück en la cocina. Sobre la mesada había un pan que estaba levando. «Bajó mucho la temperatura», dijo él, y acomodó las cosas en la alacena. Después fue hacia el balcón. Escuché los pasos alejándose por el pasillo, escuché cómo abría la puerta. Imaginé las plantas que yo había arreglado esa mañana: los cactus florecidos, el jazmín, la flor de nácar enredada en la baranda. Una de las dos gatas que vive en casa se subió a la mesa y le rasqué la cabeza con el dedo índice. Cuando quise ponerla sobre mi falda, se fue. A lo lejos, la puerta del balcón volvió a cerrarse. Poco después sentí una mano en el hombro, y la pregunta: «¿Qué hacemos esta noche? ¿Vamos a tomar algo, al cine?». Yo estaba llena de silencio. Había llegado días atrás de tantos sitios. De Chile y de Colombia y de Perú y de Uruguay y de México. Recordé un poema de Idea Vilariño que sé casi de memoria: «Todo es muy simple mucho / más simple y sin embargo / aun así hay momentos / en que es demasiado para mí / en que no entiendo /

y no sé si reírme a carcajadas / o si llorar de miedo / o estarme aquí sin llanto / sin risas / en silencio / asumiendo mi vida / mi tránsito / mi tiempo». Sentí que el poema, salvo por un par de versos, no me decía nada. Bajé la vista y leí los dos versos finales de un poema de Louise Glück: «Mi alma se marchitó y se encogió / [...] / Y cuando recuperé la esperanza, / era una esperanza completamente distinta». Miré el cielo a través de la ventana. Era azul y pesado como un trozo de fieltro. Un ocaso como la orilla de un lago. No era un gran momento. No era un momento especial. Era tan sólo un momento. En la estupenda simplicidad de la vida cotidiana. Dije «Yo no quiero salir. Quiero quedarme acá». Era una verdad enorme.

Renuncia

21 de octubre, Turín. Abrí el plano, busqué la dirección.
Calculé unas veinte cuadras de distancia. La ciudad estaba envuelta en una luz puritana, de lentitud enferma.
Caminé por calles vacías repitiendo el verso que había
leído por primera vez a los veinte: «*Scenderemo nel gor-
go muti*». Nunca había hecho una cosa así: peregrinar.
Había una luz espectral, el sol como un ojo ciego, blando. Llegué a una avenida tumultuosa. En la piazza Car-
lo Felice doblé a la izquierda. No hizo falta que buscara
el número —60— porque vi el cartel de neón, las letras
rojas como lencería barata: HOTEL ROMA. Me acerqué
a la entrada. Las puertas se abrieron con un sonido
gaseoso, desaprensivo. Hacía mucho que quería estar
allí —la vida entera— para ver las últimas cosas que vio
Cesare Pavese antes de suicidarse el 27 de agosto de
1950 en el cuarto 346. El 18 de agosto escribió en su
diario: «Basta de palabras. Un gesto. No escribiré más»,
pero pasó aún nueve días deambulando por esta ciudad
de nieblas hasta que vino al hotel Roma y tomó una
sobredosis de somníferos. Durante años no hubo para
mí nada más importante que la vida y la obra —y la

muerte— de ese hombre. Y ahora, al otro lado de esas puertas, estaba el sitio de la crucifixión: las paredes que él había mirado antes de morir. Bastaba entrar, pedir, quizás pagar. Entonces el recepcionista alzó la vista y me miró. Yo miré la plaza, la estación de trenes, la luz tumefacta. Me dije: «Estas cosas vio: todas estas cosas». Retrocedí. Las puertas se cerraron con el mismo sonido indiferente a mis espaldas. Caminé hacia la esquina. Al llegar a un puesto llamado Viva la vida, donde vendían camisetas estampadas con rostros de mujer, me di vuelta y miré por última vez el cartel titilante como un ala arrancada. Mentiría si dijera que no tenía ganas de llorar. Mentiría si dijera que lloraba. Así es como se renuncia. Sin dar explicaciones. Sin pedirlas.

Irse así

Era la última vez que íbamos a vernos. Él había suspendido el encuentro de la tarde anterior con una llamada amable: «Tesoro, ¿podés mañana? Así tengo todo el tiempo del mundo». Le dije que sí, que de todos modos iba a ser la última vez que nos encontráramos. Me dijo: «Todas las veces que necesites». Le dije: «No necesito más». Pero hubiera necesitado toda la vida. Lo había entrevistado tantas veces desde mayo, desde abril, desde ya no recuerdo qué marzo. El día de la cita la tarde era preciosa, pleno septiembre. Había una luz repleta de carácter, una luz sin dudas. Caminé desde el metro hasta su casa. Antes de llegar, me detuve y miré hacia su edificio, hacia el piso en el que me estaba esperando frente al té y las masas. Yo no llevaba nada, sólo mi grabador y una cierta tristeza. Me acerqué, toqué el timbre, tomé el ascensor. Por los ventanales entraba una luminiscencia hilada, una claridad de otro tiempo. Todo estaba bendito. La puerta de su casa permanecía abierta. Saludé a su empleada y fui hasta donde esperaba él. Se levantó trabajosamente de su silla con coraje, con fortaleza de bestia taurina. Parecía distinto, como blando, quizás melancólico. Un rayo de sol le caía sobre el pelo como una pequeña ola de luz. Lo saludé con un beso, me abrazó y sentí el cuerpo potente, prodigioso. Encendí el grabador sin aviso, como él me había pedido. Me dijo: «¿Qué querés preguntar?». Y yo: «Te he preguntado de todo». Y él: «Hemos hablado de cosas peligrosas». Y yo: «¿Estás arrepentido?». Y él: «Tesoro, aunque lo estuviera, igual vas a hacer lo que quieras». Y yo: «¿Cómo sabés?». Y él: «Porque te conozco». Me fui de su casa tarde. Caminé despacio hasta el metro y sólo pude pensar en él y en eso que habíamos hecho durante meses. Eso que no es ni confianza ni amor ni ninguna otra cosa. Que nunca es triste cuando termina. (Pero que a veces es inmensamente triste.)

Hebe Uhart

El jueves me llegó un correo. El asunto decía «Adiós a Hebe Uhart». Lo abrí sabiendo lo que iba a encontrar. Fogwill y Ricardo Piglia decían que era la mejor escritora argentina. Ella, en su departamento chico con balcón lleno de plantas, rechazaba la aseveración: «No quiero ser la mejor. Es un lugar en el que te quedás sola y yo no me quiero quedar sola». Escribió más de veinte libros: cuentos, novelas, y unas crónicas viajeras de abordaje extraño: tomaba un bus, se iba a un pueblo y hablaba con la gente que pasaba por ahí. El resultado era de una maestría violenta. Esa mirada a ras del piso le valió el mote de naif. Pero ella era una navaja: «Naif, dicen, como si una fuera medio tarada. Yo no soy inocente. Lo que sí tengo es esa veta medio optimista». Fue una adolescente mística emperrada en lavarse con jabón para la ropa en un ejercicio de ascetismo que se inventó después de escuchar que «a los tibios los vomita el Espíritu Santo». Fue maestra rural, profesora de filosofía, novia de novios complejos. A uno, alcohólico, lo llamaba «el borracho de la mañanita». Mientras hablaba y fumaba, miraba hacia todas partes como un animal acorralado, pero tenía una inteligencia travestida de un fraseo coloquial y sin filtro: «Me empezaron a interesar los monos. Fui cinco veces a la jaula de los chimpancés en el zoológico. No fui más porque el elefante está al lado, y se bañaba en barro y me enchastraba la cabeza». En 2017 ganó el premio Manuel Rojas, en Chile. Se lo entregó la presidenta Bachelet y le escribí para preguntarle cómo le había ido. «Me fue bien —respondió—, fueron tres amigos y cinco alumnos. Antes tenía miedo de todo, pero salió sencillo y agradable.» Una vez me regaló el gajo de un árbol de su balcón. Lo planté y se secó. Tiempo después me preguntó cómo estaba el arbolito. Le dije que muy bien, muy lindo. La quería, y no quería que sufriera.

Magna Marilú

Cómo se cuenta esto (y sobre todo: para qué): una mujer sale al escenario, da un paso, dos, tres, apoya la mano izquierda sobre una mesa, respira. Yo, fila 10, butaca 21, la oigo respirar. Y siento que los pulmones me queman. Yo, que nunca lloro, siento que voy a llorar. Es domingo, son las siete de la tarde. Estoy en Buenos Aires, en un teatro donde la actriz argentina Marilú Marini interpreta *Todas las canciones de amor*. La obra cuenta un día en la vida de una mujer que espera a su hijo al que no ve desde hace tres años. El hijo regresa desde Nueva York, donde vive. Y, sin decir todavía una palabra, esa mujer acaba de empujarme con la brutalidad de un zarpazo al otro lado del espejo. De ahí en más, ella: el poder de destrucción de una guadaña, la convicción de una hoz, la severidad de un clavo, la levedad del agua. No una actriz sino algo llegado del espacio exterior que produce reverencia y miedo y necesidad de redención. No una mujer sino un vehículo que oficia una misa bestial, mutando de señora pícara a esposa astuta a madre aterradora y aterrada. No sé quién soy mientras eso sucede. No sé quién soy cuando ella y el actor que interpreta a su hijo cantan una canción, *Te quiero,* de José Luis Perales, que suena enrarecida, despojada de todo su sentido, y produce un horrible error de paralaje que se derrama sobre los restos de amor y oscuridad y deseo y congoja que laten entre estertores sobre el escenario. Salgo muda. Aturdida. Como si me hubieran expulsado del paraíso a golpes. ¿Qué fue eso? ¿Un despertar, una forma de la desesperación? Me quedo mucho tiempo aferrada a ese sitio al que no tengo cómo retornar, huyendo minuciosamente del ruido de la vida. Después el lunes. El martes. El miércoles. El regreso al mundo como un animal que vuelve de una muerte exquisita. Y aquí estoy. Contando sin saber por qué. Ni cómo.

La voz humana

Era de noche. Volvía de la plaza de Mayo, donde había estado trabajando durante una manifestación, y me metí en el metro. Caminé por un pasillo azulejado y, cuando doblé por otro, me llegó por la espalda una voz que cantaba. Fue como si me hubieran golpeado los pulmones. Me detuve en seco. ¿De qué estaba hecha esa cosa? Parecía una materia formada por partículas de nieve y chispas de fuego y huesos de animales preciosos, con capacidades químicas para producir la alteración y la locura. La voz cantaba una canción machacona y sensiblera de Marco Antonio Solís y, cuando llegó al estribillo —«no hay nada más difícil que vivir sin ti»—, sentí que me asfixiaba. Regresé sobre mis pasos y miré. Vi, sentado en el piso, a un hombre ciego tocando la guitarra y, a su lado, a un chico de unos diez años. De él brotaba esa voz cargada de un dolor sulfúrico, llena de pasado, que me hundía un espolón de fuego en la garganta. Y, mientras hacía eso —mientras *me* hacía eso—, el chico, Dios mío, jugaba, sin levantar la vista, al *Candy Crush*. Era como ver a Mozart tocando el piano y revolviendo, a la vez, una olla sobre el fuego. Voyeur invencible, me quedé mirándolo. Me dejé enardecer, detenida en mi aleph de éxtasis, y el chico cantó esa canción una, dos, tres veces, sin dejar de jugar, sin levantar la vista, mientras yo, con la espalda contra la pared, me sentía cruda y poderosa, contemplando la vida de los muertos y la muerte de los vivos y viendo abrirse, ante mí, las puertas del entendimiento. ¿Si hablé con él, si me preocupa su destino? Qué preguntas tan obvias. No estoy hablando de eso. Estoy hablando de otra cosa. Estoy hablando de aquel pasaje de William B. Yeats: «tan honda fue mi felicidad, que me sentí bendito y pude bendecir». Tan honda fue mi felicidad, que me sentí bendita y pude bendecir. Y eso duró cinco minutos que, como todo el mundo sabe, es lo que dura la felicidad.

Piglia

Eran años feroces, como siempre son cuando uno quiere escribir y es muy joven. Mi padre me llevó a una feria
de libros usados, compró uno, me lo dio. Leí: «Nunca
más deberás tomar en serio las cosas que no dependen
sólo de ti. Como el amor, la amistad y la gloria». Leí:
«Haber escrito algo que te deja como un fusil disparado,
aún sacudido y humeante, vaciado por entero de ti». Era
el diario de Cesare Pavese y, después de leerlo, nada fue
igual. No porque el libro haya solucionado algo —era
el libro de un suicida— sino porque me hizo entender
cosas —de mí, de la escritura: de los peligros que anida-
ban— que yo, que vivía incautamente entregada a las
mandíbulas de ese animal salvaje que éramos la vocación
y yo, no había entendido. Conocí a Ricardo Piglia hace
algunos años. Una vez coincidí con él en México, donde
perdimos un avión. Era lunes. Durante todo ese día, en
medio de paseos bizarros, Piglia me dijo cosas. Sobre la
vida, sobre la escritura: cosas. Después de eso, nada fue
igual. Hay días así, y uno los atesora como si guardara
un rayo dentro de un cofre. Ahora leo un libro portentoso: *Los diarios de Emilio Renzi*, que son los diarios de

Ricardo Piglia. Leo: «Nunca pasa nada. ¿Y qué podría pasar? Es como si hubiera estado todo el mes de julio bajo el agua. Sentado en el patio frente a una mesita baja, el sentimiento de siempre: las grandes luchas por venir [...] Mantengo en secreto por ahora mi decisión de convertirme en un escritor». Leo: «Lo difícil no es perder algo, sino elegir el momento de la pérdida». Voy y vengo por la ciudad con el diario de Piglia bajo el brazo como quien se aferra a una gota de luz detrás de un vidrio oscuro. Ayer me llamaron de una radio, me preguntaron para qué sirven los libros. Debo haber respondido alguna estupidez. Lo que debí haber dicho es que los libros sirven para una sola cosa: para salvarnos la vida.

Escribir

Hay que amasar el pan. Hay que amasar el pan con brío, con indiferencia, con ira, con ambición, pensando en otra cosa. Hay que amasar el pan en días fríos y en días de verano, con sol, con humedad, con lluvia helada. Hay que amasar el pan sin ganas de amasar el pan. Hay que amasar el pan con las manos, con la punta de los dedos, con los antebrazos, con los hombros, con fuerza y con debilidad y con resfrío. Hay que amasar el pan con rencor, con tristeza, con recuerdos, con el corazón hecho pedazos, con los muertos. Hay que amasar el pan pensando en lo que se va a hacer después. Hay que amasar el pan como si no fuera a hacerse nada, nunca más, después. Hay que amasar el pan con harina, con agua, con sal, con levadura, con manteca, con sésamo, con amapola. Hay que amasar el pan con valor, con receta, con improvisación, con dudas. Con la certeza de que va a fallar. Con la certeza de que saldrá bien. Hay que amasar el pan con pánico a no poder hacerlo nunca más, a que se queme, a que salga crudo, a que no le guste a nadie. Hay que amasar el pan todas las semanas, de todos los meses, de todos los años, sin pensar que habrá que amasar el pan todas las semanas de todos los meses de todos los años: hay que amasar el pan como si fuera la primera vez. Habrá que amasar el pan cuando ella se muera, hubo que amasar el pan cuando ella se murió, hay que amasar el pan antes de partir de viaje, y al regreso, y durante el viaje hay que pensar en amasar el pan: en amasar el pan cuando se vuelva a casa. Hay que amasar el pan con cansancio, por cansancio, contra el cansancio. Hay que amasar el pan sin humildad, con empeño, con odio, con desprecio, con ferocidad, con saña. Como si todo estuviera al fin por acabarse. Como si todo estuviera al fin por empezar. Hay que amasar el pan para vivir, porque se vive, para seguir viviendo. Escribir. Amasar el pan. No hay diferencia.

Pavor

Siempre preguntan lo mismo: si a uno, periodista, no le da miedo hacerse daño escuchando las historias dolorosas de la gente. A mí no. Lo que me da pavor es la escritura, ese bicho inhumano. Sucede que a veces uno escribe algo, y ese algo se lo lleva todo; escribe, digamos, un texto que se comporta como un agujero negro que absorbe los recursos, las formas, y uno queda hueco como un edificio interrumpido. En apariencia, todo funciona correctamente. Pero nada funciona correctamente. Durante días, quizás semanas, quizás meses, uno contempla, anestesiado y lúcido, la herrumbre hepática de frases que reptan sin despertar. Desde el umbral yermo de esa tierra incógnita, sin adentrarse en ella porque no se sabe cómo, sin posibilidades de retroceder porque no se puede, uno observa a la escritura mutar y retorcerse como quien espera la desesperante evolución de una enfermedad blanda. No se trata de no poder escribir, porque uno siempre escribe. Se trata de haber traído al mundo un cordero malsano de Dios, maldito y bendito, que se cobró su precio y se lo llevó todo. Yo escribí hace poco un texto así. No importa cuál (es cosa mía). Y permanecí por un tiempo mirando esos ríos petrificados de palabras, preguntándome: ¿dónde está el agua, dónde están los peces? Rogando que alguien me dijera: «Basta». Rogando que alguien me dijera «Pará». Queriendo ser otra cosa. Un vendedor de autos. Un albañil. Un tenista. No alguien que escribe. Después, de pronto, todo vuelve, y es como siempre fue y es, también, la perfecta otra cosa. Y, cuando todo vuelve, uno no se pregunta cuándo será la próxima vez, el próximo pavor, el próximo desastre. Uno, simplemente, sigue. Es patético, es doloroso, es humillante y es aterrador. Y, como pasa con todas las cosas que realmente importan, nunca nadie pregunta. Menos mal.

Egoísta

Fue un día tan bueno. Un día como un trozo de tela bien planchado. Como un vidrio sin mácula. Como una madera. Sin más planes que levantarse y vivir. Un día sin secretos. Sin prisa por terminar nada porque no había nada que empezar: no hacía falta. Un día sin ganancias ni pérdidas, sin sucia ansiedad, sin impaciencia. Un día como una casa donde todo está hecho. Sólido. Limpio. Recto. ¿Qué fue? Todo estaba en orden. Todo estaba donde debía estar. Nada puede hacerle daño a un día como ese, que llega desde el centro de la tierra y se planta sobre la superficie como una caja perfecta, blanca, reluciente. ¿Fue el sol, fue la temperatura, fue la luz, fueron las gatas que se corrían entre ellas, fue el paseo en auto, fue la música, fue la merienda con mermelada recién hecha, fue la caminata sin rumbo, fue esa película inesperada en la televisión? Claro que no. Fue algo vil. Que vino del sitio del que provienen (toda) la felicidad y (toda) la desdicha. Fue que el día anterior, después de horas de maldita paciencia, de esclava paciencia, de espera lenta y dura, de estar quieta, de permanecer con la tozudez de un pescador clavando palabras trabajosa-

mente en la pantalla de la computadora —como pequeños cortes infectados, como cofres inconexos, como
cosas muertas— sin que nada pasara, el viejo engranaje
de toda la vida se puso en marcha y un pequeño vibrión
débil y movedizo brotó dentro de mí y me abalancé
sobre él y lo hice rodar como una piedra modesta, de
aquí para allá, hasta que lo apreté entre los dientes y,
como quien lleva su presa al río, lo ahogué en un nido
de frases, y de ese ínfimo cogollo de emoción salió algo,
chorreante, que era lo que yo quería. Fue eso, nada más.
Unas cuantas palabras. Un párrafo. No otra cosa. Una
felicidad egoísta, miserable y pasajera.

El sueño

Leo el último volumen del diario de Ricardo Piglia, que acaba de publicarse. Después, sueño con Piglia. En el sueño, él está de pie bajo un árbol. Yo estoy frente a él y hago lo que jamás he hecho: pido consejos (yo, que dejé de confiar en que alguien pudiera dármelos a los diecisiete). En el sueño quiero que me diga cómo seguir. Le hablo de cosas que jamás he hablado con nadie. Quiero que sea eso que nunca tuve ni busqué: un maestro. Él me mira con su sonrisa de costado, medio maleva, se rasca el nudillo del dedo meñique con el dedo mayor de la otra mano. Está como siempre, con ese pelo de rulos irisados, como de loco. Usa una camisa oscura y se ríe de mí con simpatía, con afecto, con una malicia hermosa, echando la cabeza hacia atrás. Me dice «Sí, sí, te voy a decir todo, te voy a decir todo», estirando la «o» como quien le habla a alguien muy joven o muy tonto, y dibujando un círculo amplio con las manos. Sé que se burla buenamente de mí y me siento feliz por esa complicidad. Empieza a decirme cosas que anoto. Son cosas importantes sobre la escritura, sobre la vida de escritor, y en el sueño comienzo a estar segura de que no estoy soñando, de que Piglia está realmente allí, hablando conmigo. Entonces noto que empiezo a llorar unas lágrimas gélidas que me queman la cara. Me despierto confusa y me doy cuenta, con espanto, de que no recuerdo una sola palabra de todas las que anoté, de que a mi alrededor está, simplemente, mi cuarto. Trato, como un náufrago inverso, de hundirme en el sueño, de volver allí, de recuperar lo que Piglia me dijo porque estoy segura de que me dio la clave, el secreto de todo. Pero sólo escucho su risa en todas partes, y la sigo escuchando hasta que me duermo. Una risa gozosa que me recuerda que siempre estamos solos. Nunca abandonados.

Mi diablo

Mi primer muerto fue español. Era actor, se llamaba José María Vilches. Lo vi por primera vez siendo niña en un unipersonal llamado El Bululú, un recorrido por textos clásicos de Cervantes, Lope de Vega, Quevedo. Tenía una forma de decir espesa y dulce, como si las palabras fueran el rastro de un cuerpo o de un pecado potente, y yo, escuchándolo, entraba en trance sin saber qué sentía: ¿euforia, inspiración? Lo vi cada vez que pude, durante años. Cuando la obra terminaba, corría a mi casa a escribir, urgida cual ninfómana, tratando de retener ese momento de elevación alucinada. En 1984 yo tenía diecisiete años y estaba de viaje cuando una amiga golpeó la puerta de mi cuarto y gritó: «¡Se murió tu Bululú en un accidente!». Cinco años antes yo había entrado a su camarín. Él no me escuchó llegar. Vestía de negro y el rostro, maquillado a medias, parecía una máscara de tiza, la cara trágica de un tuberculoso. Le miré los dientes de predador, rodeados de una boca untuosa y pérfida. Dije «Hola». Él se dio vuelta y me miró. Era Satanás. Era bellísimo y fuerte, y tenía la pureza del odio y la fragilidad infecta del amor, y unos ojos de maldad exqui-

sita con esquirlas de ternura sedosa. Me sonrió, me dijo
«Hola, nena». Yo miraba el sudor que le caía por la
frente. Exudaba sordidez y potencia y daba miedo y
soledad, y era puro como una llama y sucio como el
asfalto. Y de pronto entendí que lo que hacía ese fauno
endemoniado cada noche, desde el escenario, no era lle-
narme el corazón de euforia sino de venerable pánico,
de completo pavor. El día en que supe que había muerto
bebí, repasé el grito: «¡Se murió tu Bululú!». Jamás fue
mío. Pero nunca dejé de buscar —en lo que leo, en lo
que quiero, en lo que escribo— ese pavor. Algo que se
vuelva hacia mí, me mire a los ojos y me diga: «Hola,
nena: yo soy tu diablo». No soy nada sin él. Sin eso.

El vivero

\`

Domingo al alba. Llego a Madrid como si no llegara, como si no me hubiera ido nunca. Como si me quisiera quedar acá. Vengo de batallas raras. Vengo de Santiago y de Montevideo, vengo de Buenos Aires, vengo de Berlín. ¿Dónde estuve mientras sucedía todo eso? ¿Escondida en qué rizoma lóbrego? La mañana está helada y salgo a caminar. Me cruzo con dos señoras que conversan. Una le dice a la otra «Mi madre era de operarse. Se operó doce veces». Mi cerebro antropófago empieza a flagelarse: ¿qué puedo hacer con esa frase? Regreso apresurada al hotel, como si corriera peligro, como si fuera a asfixiarme si no regreso, y me siento a escribir. Empiezo por este párrafo del diario de Cesare Pavese, mi libro ardiente: «Cuando hayas vuelto a escribir pensarás sólo en escribir. En fin, ¿cuándo vives? ¿Cuándo tocas fondo? Siempre andas distraído por tu trabajo. Vas a morirte sin haberte dado cuenta (...) no vives la vida porque buscas el nuevo tema, pasas como en un trance por los días y por las cosas. He aquí por qué la infancia y la juventud son el vivero perenne: entonces no tenías un trabajo y veías la vida desinteresadamente.

Eficacia del amor, del dolor, de las peripecias: se interrumpe el trabajo, se vuelve a la adolescencia, se descubre la vida». Y entonces recuerdo Santa Fe. La ciudad argentina donde viví cuando era chica. Sé que mi padre me llevaba a la plaza enfundada en un tapado de paño gris, cortito. Me subía al tobogán, a las hamacas, al subibaja. En algún momento alguien —¿él?— soltó el subibaja y yo quedé allá arriba, con los brazos en alto, aullando, pegada a la electricidad del cielo, sin nadie que separara mi piel de los arcos voltaicos que la quemaban. Sin nadie —¿él?— que oyera mis gritos. Que no eran de miedo ni de gozo sino, bendito sea, de ambas cosas.

Anunciación

No puede invocarse. Acontece. Como el sudor o la intranquilidad. Me ha sucedido al salir a correr. Al flotar en el agua bajo un sol legionario en las islas del mar de Andamán. Al darme cuenta, a las tres de la tarde, de que todavía faltaba tanto. Al abrir mi costurero y ver el centímetro de hule, los hilos, los alfileres, esa pulcritud casera, pasmosa, diminuta. O quitándole los tréboles a las macetas del balcón. Sí. Sobre todo quitándole los tréboles a las macetas del balcón. Me pasó muchas veces. Algunas las recuerdo. Una noche de mi infancia, cuando estaba en casa de mi abuela y mi padre llegó a buscarme inesperadamente con dos entradas para el cine. Una tarde de verano, mientras cortaba el pasto y miré una rosa de color naranja que parecía un gajo de fuego. Un atardecer de domingo en invierno: tenía mucho frío y regresaba a casa después de haber estado en un campo, de haber perdido unos anteojos de sol sin que me importara, y estaba sucia y cansada y sentía el peso hermoso de la vida acá. Me pasó durante muchos días en los años noventa, mientras pintaba un balcón escuchando la radio y mirando de reojo películas malas en un televisor antiguo que funcionaba mal. Es una especie de licantropía blanca. Una anunciación, una santidad incontenible. No es un alivio ni una tregua. Es un momento estático. Un bloque de tiempo. Como si el mundo se quedara quieto y exudara geometría. No es euforia. Es un tironeo sin exaltaciones, una inmersión bautista. Un trance. Una levitación en la que entiendo todo. Hace mucho que no me sucede. Pero eso no me importa. Lo que me importa es saber cuántas veces más me sucederá antes de que todo se acabe. ¿Cuatro, cinco? Siento como si le estuviera diciendo adiós a todo.

Ya está

Uno se pasa los días y los meses tratando de escribir algo. Algo: un párrafo, una frase que contenga un poco de verdad, que resulte —uno es soberbio y vil, vanidoso— mejor, más grande que la vida. Sale bien, sale mal, sale peor. A veces —uno cree— sale. Y entonces un lunes cualquiera uno se sienta a escribir y recuerda unas líneas que leyó hace tiempo. Una de esas cosas que se escriben en cinco minutos y se dejan sobre la mesa. Algo sin importancia. Algo como «Son las cinco, voy al mercado y vuelvo», o «Te dejé tarta en la heladera». Una anotación, una pequeña nota. Sólo que esta era una nota que la escritora brasileña Clarice Lispector le escribió a un linotipista, el encargado de armar, con letras de plomo, los textos que ella publicaba en el periódico. La nota decía: «Disculpe que me equivoque tanto con la máquina. Primero porque mi mano derecha resultó quemada. Segundo, no sé por qué. Ahora un pedido: no me corrija. La puntuación es la respiración de la frase, y mi frase respira así. Y si a usted le parezco rara, respéteme también. Incluso yo me vi obligada a respetarme. Escribir es una maldición». Cuatro renglones. Cincuenta y

nueve palabras cargadas de agresividad y de devasta-
ción, de insolencia y de hartazgo. Una enervada y humilde y arrogante plegaria en defensa de las comas y los
puntos que es, en verdad, el rastro de un cuerpo, la cica-
triz de fuego de una vida entera. Y ese mismo lunes, en
plan de recordar barbaridades, uno recuerda aquel poema de cuatro versos (ay, de cuatro) que escribió la uruguaya Idea Vilariño: «Si te murieras tú / y se murieran
ellos / y me muriera yo / y el perro / qué limpieza». Y
uno se dice —con rabia, con el corazón cubierto de espuma, con celo, con furia, con colmillos— que mejor callar.
Que para qué. Que ya está.

Tener y no tener

En la novela *La parte inventada,* de Rodrigo Fresán, el escritor que la protagoniza piensa que dejar de escribir puede ser más sencillo que seguir haciéndolo: «Pasar el resto de la vida como alguien que ya no escribe [...] Y sonreír esa sonrisa triste de los que alguna vez fueron adictos a algo: la sonrisa de quienes están mejor de lo que estaban, pero no necesariamente más felices. La sonrisa de quienes [...] sospechan que en realidad ellos no eran los adictos sino, apenas, la adicción: la incontrolable sustancia controlada, la tan efectiva como pasajera droga. Y, entre temblores, comprenden que algo o alguien se los ha quitado de encima porque ya no les sirve [...] Y que por eso la droga ha partido, lejos de ellos, en busca de sustancias mejores y más poderosas». En marzo, en Lima, durante una mesa redonda en la Bienal de Novela Mario Vargas Llosa, el escritor colombiano Héctor Abad Faciolince sonrió esa sonrisa triste de los que alguna vez fueron adictos y dijo: «Cuando vengo a estos encuentros de escritores, me siento como un cura que ha perdido la fe en una reunión de obispos. Desde hace tiempo lo que escribo me sabe mal. Me gusta más lo que escriben los otros. Yo he perdido la fe, yo ya no escribo». En la sala se escuchó un «¡ah!» aterrado, como si alguien hubiera deshecho el conjuro que mantenía cerrada la puerta de los monstruos. Si, al decir de Rubem Fonseca, «El objetivo honrado de un escritor es henchir los corazones de miedo», Héctor Abad logró henchir, esa tarde, mi corazón de miedo. Y allí, sentada entre decenas de escritores, recordé la voz de Pina Bausch diciendo, con una certeza nacida del horror y de los huesos, «Bailen, bailen, o estamos perdidos». No he dejado de pensar en esas cosas. Me parecen, a la vez, bellas y tristes, quizás amenazantes. Como la fe, como el amor, como la pérdida de todo lo encontrado.

El mar

Ayer conocí a un niño que no conocía el mar. Era un niño pequeño, de seis o siete años, que en dos días más marcharía a la costa. Cuando le pregunté si estaba contento —¡el mar, el mar!—, me dijo: «¿Por? Si ya lo vi mil veces por la tele». Hoy llueve una lluvia fina que se descuelga de un cielo gris y lácteo. Hace calor. Hay una luz verde y serena. De pronto, recordé una tarde exactamente igual a esta, con esta misma luz. Con una luz que da, a la vez, ganas de morirse y de amasar un pan. Una tarde de cuando yo tenía nueve años, y era una niña que no había visto nunca el mar, y formaba parte de una familia que tampoco lo había visto nunca. Por esa época, mi padre hizo un viaje de trabajo a una ciudad de la costa. No recuerdo el día en que se fue, pero recuerdo perfectamente el día en que volvió. Llovía. Y había, como hay hoy, una luz verde y serena. Yo estaba tejiendo un macetero en la cocina, los hilos ásperos y gruesos anudados a la falleba de la ventana —porque la lluvia no me permitía hacerlo afuera, como lo hacía siempre, descalza y debajo de la higuera, descalza y debajo de la parra—, cuando de pronto escuché un auto que se detenía. Segundos después, se abrió la puerta y, en medio de la luz suave de la tarde, apareció mi padre: el primero de todos nosotros (mi hermano, mi madre, mis abuelos, yo) en conocer el mar. Corrí, lo abracé, le pregunté: «¡¿Cómo es, cómo es?!». Él no me respondió. Sólo levantó la mano, la acercó a mi cabeza, me dijo «Escuchá», y me apoyó un caracol blanco y enorme, como un alien de yeso, sobre la oreja. Y yo escuché. Pasaron todavía muchos años hasta que pude conocer el mar. Pero durante todos esos años tuve algo mucho mejor: tuve a mi padre, que me lo contaba. A veces preguntan por qué uno escribe. Supongo que por cosas como esas.

Comulgar

Yo corro. Corro poco, corro treinta minutos cada día, pero corro. Corro siempre por el mismo circuito, corro como un hámster, como un perro entrenado, corro por las calles de mi barrio, entre el paredón del cementerio y los talleres mecánicos, entre las veredas rotas y los autos en estado de desastre. Corro. Corro siempre sola, siempre con música, siempre en las tardes aunque a veces —pocas— corro también en las mañanas. Corro en Buenos Aires pero he corrido en Alcalá de Henares, en una playa de Portugal, en el parque del Retiro de Madrid, en Santiago de Chile, en una cinta de gimnasio en un hotel de Caracas. Pero nunca pude correr en Bogotá o en México o en Quito, donde la altura me aniquila. Corro porque me gusta sentir la furia de los músculos, la arrogancia del cuerpo, y porque cada vez es la primera: porque cada vez hay que remontar el agobio y las ganas de no correr y el horror de los primeros minutos hasta que, en algún momento, todo desemboca en un cono de silencio en el que no hay tiempo, ni frío, ni calor, ni cansancio, ni desesperación: sólo la voluntad de permanecer allí para siempre, en ese lugar horrible como si fuera el paraíso. Corro. Corro poco, corro treinta minutos cada día, pero corro. Corro para aprender a aguantar lo que no se aguanta, para no llegar a ninguna parte, para romper el insano silencio del mundo. Para sentir, parafraseando a Clarice Lispector, que soy más fuerte que yo misma. «Vengo de comulgar y estoy en éxtasis / aunque comulgué como un ahogado», escribió el poeta argentino Héctor Viel Temperley. Corro para comulgar como una ahogada. Corro para escribir. Corro porque escribo. Porque es igual de inútil, igual de necesario, igual de pavoroso.

Barrer

Por estos días barro mucho. Barro pisos limpios, relu-
cientes, sin una mota de polvo. Pisos que no necesitan
ser barridos. Barro la cocina, la sala, el balcón, el cuarto, los pasillos. Con el orgullo de la prolijidad, barro
siempre debajo de la cama. En la computadora de mi
estudio, mientras tanto, respira con los bronquios roídos
por la enfermedad un íncubo deforme de doscientas
páginas repleto de preposiciones, verbos, paréntesis, sig-
nos de interrogación, diálogos, citas, comillas, metáforas, elipsis, oraciones subordinadas y de las otras. Prac-
tico con él una guerra quirúrgica de amputaciones,
desalientos, euforias despreciables. Lo hago desde hace
semanas. Doce o catorce horas por día. De lunes a lunes
sin derecho a descanso. Porque, si me alejo de él por
unas horas, cuando regreso es peor: luce como una
alfombra vieja con quemaduras de cigarros, hay vómitos
en los rincones, vasos rotos, manchas de sangre, piezas
que no encajan. Entonces no me alejo demasiado. Apenas lo necesario. Y barro. Por períodos breves. Varias
veces al día. Después vuelvo al monstruo, le limpio las
babas imbéciles, lo desinfecto esquivando sus colmillos

fétidos. No lo quiero. No es cariño lo que puede sentir-se por algo que asfixia, que cubre todos los espacios, todo el tiempo, todo el sueño y toda la vigilia. Por algo que arrasa con los cumpleaños, las películas, los fines de semana al sol. Por algo que berrea, que chilla, que some-te. Lo respeto. Como se respeta a un enemigo. Por los mismos idénticos motivos. Podría abandonarlo. Apretar *delete*, decir adiós, gracias por venir, nos vemos nunca. Porque es absolutamente innecesario. Como casi todas las cosas. Por momentos, todo me parece un acto de omnipotencia deplorable que alguien debería prohibir-me. En otros, una maniobra de aniquilación insensata de la que yo misma debería ponerme a salvo. Entonces, barro.

Empezar

¿Qué es un fin? ¿Qué es un principio? «Cuando el niño era niño —decía la voz del poeta en la película *El cielo sobre Berlín*, de Wim Wenders—, no tenía opinión sobre nada, / no tenía ninguna costumbre / se sentaba en cuclillas, / tenía un remolino en el cabello / y no ponía caras cuando lo fotografiaban.» He vuelto —sólo para escribir— al departamento donde todo comenzó. Al sitio donde viví con una planta de jazmines como toda compañía. Aquí, hace años, mirando a través de esta ventana por la que ahora miro, en un febrero de infierno, con paro de metro y calor de cuarenta grados, en jornadas que iban de las siete de la mañana hasta las doce de la noche apenas interrumpidas por siestas crucifijas de veinte minutos, escribí un libro, el primero. Aquí, antes de eso, me hice periodista tecleando con jactancia en una Lettera portátil que aún conservo. Aquí canté a gritos, con amigos salvajes, canciones que hablaban de nosotros: de nuestra soledad y nuestro tedio. Ahora no hay nada, salvo el aroma de las casas cuando están vacías durante mucho tiempo: un olor al fondo de la vida, el olor seco que dejaría el mar si se retirara del mundo.

Puedo contar los objetos que traje: un cepillo de dientes, un dentífrico, un jabón, una toalla, un vaso, un tenedor, un escritorio, una silla, la computadora. No hay adornos, ni libros, ni lavarropas, ni cortinas, ni alfombras, ni cama. No tengo nada porque nada me hace falta para lo que tengo que hacer: mi tarea no necesita de adornos. Estoy sola con ese animal caprichoso, esa fuerza que me ha traído de regreso. La escritura, mi patria tirana. Aquí, después de haber estado en tantas partes, y con tantos, permanezco, espero. Dejar atrás es, ahora, la forma de ganarlo todo. Regresar, la única forma de seguir adelante. Aquí, donde todo comenzó, escribo. Empiezo. Allá vamos. (Qué curiosidad.)

Índice

«¿Cuál será la verdad
que hace tan infelices a los hombres?»
ROBERT CREELEY

Desde LIBROS DEL ASTEROIDE queremos agradecerle el tiempo
que ha dedicado a la lectura de *Teoría de la gravedad*.
Esperamos que el libro le haya gustado y le animamos
a que, si así ha sido, lo recomiende a otro lector.

Al final de este volumen nos permitimos proponerle otros títulos de
nuestra colección.

Queremos animarle también a que nos visite en
www.librosdelasteroide.com y en nuestros perfiles de Facebook, Twitter
e Instagram, donde encontrará información completa y detallada sobre
todas nuestras publicaciones y podrá ponerse en contacto con nosotros
para hacernos llegar sus opiniones y sugerencias.
Le esperamos.

�֍

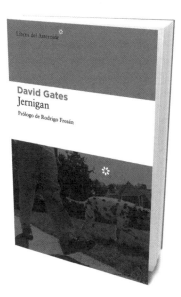

«En cuanto empieza a hablar, Peter Jernigan, el narrador de la sorprendente novela de David Gates, te agarra de las solapas y te induce a escuchar la tragicómica historia de su vida (...) Con Peter Jernigan, Gates ha creado uno de los antihéroes más memorables de la literatura reciente.»
Michiko Kakutani (The New York Times)

«Una novela efervescente, un torbellino. Me atrapó en los primeros párrafos y no me dejó hasta su elegante frase final. Me vi deseando ser capaz de leer lo suficientemente rápido como para tragármela de una sentada.»
Joseph Heller